CHARADE BUNKO

Illustration

yoco

CONTENTS

罪も罰も棘も蜜も

下手くそな、だけど一生懸命に書かれた文字。小さな手帳につづられたそれに触れた時、父の気持ちが心の中に流れ込んでくるみたいだった。

いつも無口で無愛想。何を考えているかわからない人。鋭い瞳と、こけた頬。大きな身体(からだ)と低い声。そのどれもが畏怖の対象だったけれど。

小さな手帳に細かく書かれた文字は、気持ちが率直に伝わるものだった。

お父さんは、あの人のことを愛している。

恋のためになら、命なんか惜しくなかった。だから、身をなげうった。それが父にできる、精いっぱいの愛情表現だったのだ。

純粋で無垢(むく)な、切ない愛。

「そうなんだね……」

□□□

お母さんとは見合いだったから、もしかしたら、お父さんの初恋なのかもしれない。

罪も罰も棘も蜜も、何もかも、消え失せてしまうような、そんな想い。
人生を懸けた、初めての恋。

1

「将校さんだ、将校さんだ！」

軍人がめずらしいのか、道を歩く青年を指さし、子供が大きな声を上げていた。手拭いで髪をおおった母親らしき女性が、静かにしなさいと小声で注意をした。

軍人相手にこんな大騒ぎをして、相手の気に障ったら。

暴力を振るわれても文句は言えない。軍人が皆、規律正しい保証はないのだ。

しかし青年は怒るでも声を荒らげるでもなく、穏やかな声音で話しかけた。

「失礼」

「は、はいっ。息子が失礼なことを申しまして、申し訳ありませ……」

「少々お尋ねしたいのですが」

「は？」

「このあたりで文月（ふみづき）というお宅を、ご存知（ぞんじ）ありませんか」

□□□

遠い外国で大戦が終結を迎え、協商国であった日本国にも平穏が訪れていた頃。

陸軍大尉である安堂青磁は、西多摩郡青梅町で、部下であった文月理人軍曹の家を訪ねていた。

彼は外国の地で戦傷を負い、疾病兵として本土に帰還。だが治療の甲斐もなく、三十五歳という若さで生涯を閉じた。

青磁が遅れて帰国した時すでに、葬儀は終わっていたのだ。

それでも青磁が文月軍曹の家を訪ねるのには、理由があった。軍曹の子についてだ。妻も、もう亡くなっているという。

遺児がどう過ごしているか、気になった。

噂では文月の父親と暮らしているというが、不自由はしていないか。それを確認したかったのだ。

平穏に暮らしているか、それだけ確認したい思いだった。

青磁は先ほどの女性に訊いた場所に辿り着く。小さな平屋だ。表札を見ると、確かに文月とある。

ここが、彼の家。文月理人と家族が住んでいた、家なのだ。

寡黙だが気が荒く、何かと言うとつっかかってきた男。だが目下の者への面倒見はよく、いつからか青磁を慕ってくれたこともあり、何かと頼りにしていた。

その彼の遺児と遺族が、どう過ごしているのか。それだけをこの目で確認したい。

こんな感情を、なぜ持つのだろうか。功労を上げた兵士でもないのに。

複雑な思いを抱きながら、垣根越しに庭を見た。誰かが草むしりのために、作業をしているようだ。俯いているので、顔は見えない。

「もし」

青磁が声をかけると、しゃがんでいた人物が顔を上げる。子供だ。

「お尋ねします。こちらは文月軍曹のお宅で間違いありませんか」

子供といっても、もう十歳を過ぎているだろうか。線の細い、儚げな美少女だ。

少女は作業を中断して、青磁に近づいてくる。

「文月はうちだよ」

華奢な彼女は胡乱げに、青磁を見つめた。

「失礼ですが、文月理人さんは、きみのお父上ですね」

「父だけど。……あの、どなた？」

その声は細いが、少女のものにしては凜々しい眼差しだった。

そういえば文月の遺児は、確か男子ではなかったか。

「陸軍第三師団大尉、安堂青磁といいます」

その時、子供の目に走ったのは驚きと、それだけではない輝きだ。

青磁は注意深く彼を見つめた。

「きみは文月白澄さんでしょう」

「は？　なんで……」

「以前、きみの名は自分が命名したと、お父上に聞いたことがあります」

「お父さんが」

子供の瞳が大きく見開かれる。

軍隊で大尉は尉官の最上級であり、陸軍では中隊長を務める。そんな偉い人と軍曹が子供の話をするなど、普通はありえない。

「ええ。ずいぶん悩んだと、自慢していました。きよと。美しい名前です。色の白に澄むと書いて、白澄さんでしょう」

子供に対しても、礼を失しない。そんな将校に、白澄は驚くばかりだ。

「大尉さんって、もしかして」

「え？」

「ううん。なんでもない。入って。おじいちゃんは寝ているんだ」

軍人に対して白澄の口調は、とても幼く無礼に聞こえる。この年頃であれば、敬意を払うべき相手だと、わかるはずなのに。

この未熟さは、それだけ学がないのだと、容易に想像がついた。

「どこかお加減でも?」

「うん。ずっと悪い。お父さんが亡くなってから、いきなり年取った」

「お医者にはかかりましたか」

「診せたよ。だけど、お父さんが死んじゃったから、気落ちしたんだろうって……」

「失礼ですが、ほかにご家族は」

「いない。お母さんも死んじゃった。お父さんが死んで、後追いしちゃったんだ」

凄惨すぎる末路なのに、なんでもないことのように言ってのける。そう振る舞わなくては、心の均衡が保てないとでもいうように。

「白澄、誰と話をしているんだ」

奥から声がかかる。それに「お客さんだよ」と答えた。

「客だと? 帰ってもらえ」

「ダメだよ。お父さんの上官の、将校さんだもん」

すると、すぐにドタドタ騒がしい音がして、奥から老人が顔を出した。

「上がっていただけ! 丁重にだぞ!」

慌てて着たのか、着物の片袖に腕が通っていない姿だった。

□□□

「すまないことです。倅が世話になったっていうのに」

次郎と名乗る老人が畳に額を擦りつけるように頭を下げた時、青磁は少し眉を寄せる。

「どうぞ頭をお上げください」

何度そう言っても、次郎は頭を上げようとしない。上げられないのだ。

「文月軍曹は、最善を尽くされました。彼のような優秀な人材を、こんな形で喪うなど、痛恨の極みです。ご家族に申し訳が立ちません」

「倅のことだ、どうせ何かに足でも取られて転ぶかして、死ぬほどの怪我を負ったんだろう。図体ばかりデカくて、下手ばかりする。それでも、お国のために散ったから、本望だったろうよ。それより下士官兵のために、ご足労いただいちまって……」

「当然です。文月軍曹は、私の大切な部下でした。こちらこそ葬儀に参列できずに、申し訳ありません。私は帰国できなかったので……」

「その若さで大尉殿であるあんたさんと倅では、格が違う。葬式に来てもらう謂れはねぇよ。あいつは、しょせん軍曹で終わったんだからな」

絞り出すような声を遮るように、「入るよ」と声がかかり、襖が開いた。

「お白湯どうぞ」

先ほどの少年が頭を下げている。

「入れ。大尉殿、こいつは孫の白澄。十二歳になる」

青磁は驚いた表情を浮かべた。もっと年少だと思った。

「身体も小さいし虚弱だから、もっとガキと思ったかい。母親に似てポンコツだよ」

母に似たのが、罪悪のような言われ方。だけど、少年は俯いたままだ。

「華奢だとは思いましたが、ポンコツとは思いません」

「別に遠慮なんかいい。こいつの母親は、理人が死んじまったことに耐えきれず、後追いしちまった。弱かったんだよ」

母親のことを無神経に評されてなお、白澄は無表情だった。

「十二歳ということは、尋常小学校に通っているのですか」

「孫は、人さまと合わせられん。俺が家で、読み書きを教えているぐらいだ」

確かに、先ほど女子に間違ったのも無理がない線の細さだ。これでは団体生活は、まず送れないだろう。

「これから孤児院で暮らすのに、こんなに頼りなくてどうすると、忸怩たる思いだ」

「孤児院？　どういうことですか」

怪訝に思って青磁が訊くと、祖父は大きな溜息をついた。

「俺は療養と治療をしなくちゃ、死ぬそうだ。今後は次男の元に身を寄せるが、その家にも子供がいるので、こいつは引き取れないと言われちまった……」

「ほかに縁者の方は？　どなたも、いらっしゃらないのですか」

「縁を切られた。俺が手を出した小豆相場で、大失敗をして家屋敷を売り飛ばす羽目になっちまった。親戚に借金しまくったので、自業自得だ」

「軍曹に支給される、傷病恩給があるはずですね」

「いや……それも先物でな。使っちまって……」

「そうでしたか。母方のご親類は」

「母方のほうも、葬儀が終わったら飛ぶようにして帰ったよ。面倒事が嫌だったんだろう。理人が入隊したので、借金を返せた。でも俺のカミさんも理人も、理人の嫁も、あっけなく鬼籍に入った。生きているのは次男と、こいつだけだ」

悲惨な老後を語りながら、彼は青磁を見る。

「俺だって可愛い孫を、孤児院になんかやりたくない。こいつは見かけ通り、ひ弱で身体も強くねぇ。心配なんだ。でも、ほかに道がないんだ……」

ほかに道がないと呻いて、次郎は肩を落とした。

孤児院は劣悪な環境が当たり前だ。そんな中に、まだ少年である孫を住まわせなければならない苦悩は、計り知れない。

大切な長男も嫁も亡くなり、自分の運命もわからない。そして何より、孫を見知らぬ環境に預けなくてはならない。自分に力がないゆえに。

「――――では」

青磁は白湯を一口飲んだ。茶でないのは困窮ゆえ、茶葉を買う金がないのだろう。

「白澄さんを、我が家でお預かりするのはどうでしょう」

この一言に次郎も、そして隣に座る当人も、驚いた顔をした。

「預かる?」

「私は忙しく、宿舎に泊まり込むことも多い。週末しか帰宅できませんので、我が家の両親に預けることになります」

「大尉殿に子育てなんぞが、できるはずがねぇだろう」

「申し遅れましたが、私の父は叙されています。爵位は伯爵」

「は……、伯爵?」

「はい。家は皇居に近いので自然も豊かですし、屋敷は広いほうだと思います。使用人が何人もいますから、子供を育てるには、悪くないと思います」

悪くないどころか、信じられないぐらい恵まれた環境だ。それを鷹揚(おうよう)に話す青年を、次郎は目を瞬(しばたた)かせながら見つめた。

普通ではありえないが、相手は陸軍大尉で、息子の上官だ。

次郎は恐縮したように、首を竦める。

「そんなご立派なお宅に、孫が世話になるなんて、とんでもねぇよ」

あまりに好条件すぎるため、おいそれとは信じがたいに違いない。

身分違いだという自覚があるから、提案を受け入れられない。自分自身も、これからどうなるかわからないから、他人に甘えられないのだろう。

「と、とにかく。伯爵さまのお宅に、ご迷惑をおかけするわけにいかねぇ」

「家柄は関係ありません。困っている時に手を差しのべるのは当然のことです」

「しかし」

「これから私は家に帰り、両親に彼をお預かりする話をしますが、問題はないでしょう。父も母も子供が大好きですし、善良な人柄です」

「身分が違いすぎる。孫を預けて、何か粗相をしたら、取り返しがつかねぇ」

「もしご心配なら、我が家の見学でもなさいますか？」

青磁は安心させようとしていたが、次郎は頷かない。

「……あのぅ」

今まで無言だった白澄が、おずおずと口を開いた。

「なんでしょう」

青磁が正面から見据えると、次郎が慌てたように遮ろうとする。

「お前は黙っていろ」

「でも……」

「いいですよ。続きをどうぞ」

気を悪くなどしていない青磁が、先を促した。

「あの、お父さんの上官で大尉さまって、すごく偉い人でしょう。それに伯爵さまって、すごくすごく偉い人だし」

「偉い人と二回も言いましたよ。すごくは三回だ」

「ごめんなさい」

「謝らなくていいです。きみの言う通り、軍隊で上官は絶対です。だが彼は亡くなった。もう階級は関係ありません。あと伯爵は私の父であって、私ではないです」

「でも軍曹の父と大尉さまは、ぜんぜん違う……です」

「私は、きみのお父さんの直属の上官でした。でも友人でもあった。友の遺児が困っているのなら、手を貸したいと思うのは当然です」

白澄は青磁の説明を、不思議そうに聞いていた。

「でも」

「まだ何か？」

「どうしてお父さんと友達なの？　軍隊って怖いところでしょ」

　この「でも」と「どうして」の連発に、青磁はとうとう肩を竦めた。

　確かに白澄の父親より、青磁は四歳も若い。しかも階級は大尉だ。

「ええ。普通なら友人関係には、なれない間柄です。それでも、お父さんとは馬が合いました。お互いに信頼し合う仲だった」

「うま？」

「馬と乗り手の呼吸が合って、騎乗ができる。意気投合する間柄を、そう言います」

「父は馬なの？」

「案外、私のほうが馬かもしれませんよ」

「どうして」

「理人は泰然として、物事に動じない人だった。だから私は、彼を頼っていました」

　青磁は初めて、「理人」と呼びすてた。それは乱暴な口調でも、威圧的な物言いでもない。愛情がこもった声だ。

　もっと言うならば、今はもういない懐かしい人を呼ぶ、哀愁を帯びた声音だった。通常であれば、上官が軍曹を頼るはずがない。だが青磁は自然に口にした。

　自分は彼を頼っていたのだと。

　軍人らしからぬ発言だ。だが青磁にとって、それが当たり前のことだった。

話を聞いていた白澄は、いきなり頭を下げた。そして。

「ふ」

その一言で止まった。

ふ？

次郎も青磁も、顔を見合わせた。「ふ」とはなんだろう。

しばらく沈黙が流れた。次郎が叱ろうとした瞬間、白澄は畳に額を擦りつけるようにして、深々と頭を下げる。

「ふつつか者でっ！」

「えっ？」

とつぜんの大声に、青磁と次郎がびくっとたじろぐ。

しかし顔を真っ赤にして、早口でまくしたてた。

「ふつつか者で、は、ございますがっ、幾久しくっ、よろしくお願いいたしますっ」

怒濤(どとう)の挨拶が終わると、またしても頭を下げる。青磁と次郎は言葉もない。

これは。これはまるで。

まるで嫁入りの挨拶だった。

静寂を破ったのは、次郎の慌てた声だ。

「お前は何を言い出すんだ」

「え、え？　だって」

「だってじゃない。相手は大尉殿だぞ。失礼だろう」

祖父は茹で蛸(ゆでだこ)のように顔が火照っていた。

だが何を怒られたのか、まるでわかっていない表情だ。

「お、お世話になるから、ご挨拶、しなくちゃって思って……」

とんちんかんな言葉で、次郎の悲壮な態度が引っ込み、場の空気が和む。

「怒らんでくれ。まだまだ子供で、言葉の使い方もよくわかっていなくて」

青磁に頭を下げながら、老人は冷や汗を流している。

「本当にもう、お前は突拍子がない」

白澄は真っ赤になりながら、困った顔だ。先ほど初対面の大人相手に質問攻めをした子供とは、まるで違う顔だった。

青磁はおかしくなったらしく、口元に笑みを浮かべながら、丁寧にお辞儀をする。

「わかりました。こちらこそ幾久しく、よろしくお願いします」

いきなり青磁も、同じことを言い出した。

「い、いや、大尉殿もそんな」

「どうぞお楽に。彼は当家で、幾久しく過ごしていただくことで、決まりですね」

すっかりペースを掴(つか)まれてしまい、次郎はこれ以上もの申すことができなかった。

だが環境が悪いと言われる孤児院にやるのではなく、息子の上官の家である伯爵家で預かってもらえるのだ。これ以上のことはない。

とうとう次郎の唇から、大きな溜息が洩れる。

「おじいちゃん？」

「……まったく、お前ときたらまったく」

老人は目を潤ませていたが、とうとう拳で目を拭った。

「俺が不甲斐ないばかりに、苦労させてすまないなぁ」

「……ううん」

「いっそお前と、理人や母ちゃんのいるところに、行ったほうがマシかと思った。けど、おじいは意気地がなくてなぁ」

それを聞いて、白澄はぽそっと呟いた。

「意気地がなくて、よかったね」

そこまで思い詰めていた祖父の肩に、しがみつく。

「おじいちゃん、泣かないで」

次郎の胸に頬を寄せる。彼は孫の背中を抱きしめた。

「伯爵家だなんて、そんな立派な家に預かってもらえるなんて、夢みたいな話だ。よかった。よかったなぁ」

孫のことが、心配でならなかったのだろう。

老人は、くしゃくしゃな顔で笑いながら、涙を流していた。

□□□

あれよあれよと日は過ぎて、青磁が迎えに来ると約束をした日が来た。

簡素な家の中はゴミもなければ、荷造りも最小限。家の中は何もない状態だ。

そして次郎が、次男である息子の元へと旅立つ日でもある。

だが役場に勤めている次男は休めないから、父親を迎えには来られないという。

「てっきりご子息が、迎えに見えていると思っていました」

次郎が一人で栃木まで旅立つという話を聞いて、青磁は困った声を出した。

「いんやぁ。大の大人が出迎えに来てもらうなんて、煩わしいよ」

「普通はそうでも、次郎さんは患っておられる。心配ですね。私は自動車で来ていますから、お送りしましょう」

老体を心配する青磁がそう提案したが、次郎はとんでもないとかぶりを振った。

「俺は列車で、のんびり行くのが性に合う。自動車なんてそんな贅沢（ぜいたく）をしたら身体が、びっくりしちまうよ」

庶民の移動手段は、列車かバス、もしくは徒歩だ。車は浸透しておらず、一般人には別世界の乗り物であり、高嶺(たかね)の花だった。

「自動車は便利で快適な乗り物です。体調が悪い時に無理してはいけません」

「いやいやいや。慣れないもんに乗って移動するほうが、心の臓には悪い」

頑として譲らない頑固な次郎に、青磁はとうとう折れるしかなかった。説得できなかったのが残念そうだ。彼は座っていた畳から立ち上がり、次郎と白澄に言った。

「ちょっと失礼して、煙草(たばこ)を吸ってきます」

そう言うと、外へ出ていってしまった。

(もしかして、二人きりにしてくれたのかな)

青磁が出ていった戸口を見つめていると、次郎が荷物をヨイショと背負い直した。そばにいた白澄が、不安そうな顔をする。

「おじいちゃん、本当にここでお別れなの？」

「しっかりしろ。お前も、もう十二歳だろう」

彼は孫の肩を優しく叩(たた)くと、懐から竹の皮でくるんだものを取り出した。

「持っていけ。最後の米で握った。いいか、人さまに迷惑をかけるんじゃねぇぞ」

手渡されたのは、握り飯だ。ずっしり重い。

だが、それは、一人分しかない。

「おじいちゃんのぶんは？」

「俺はいい」

「そんなのダメ。半分こしよう」

「年寄りは腹が減らねぇんだ。お前は、ちゃんと食って大きくなれ」

「ダメだよ。一緒に食べようよ。ぼくひとりなんて、そんなのイヤだ」

「いいから。それより大尉殿にお世話になるんだ。決して迷惑をおかけするんじゃないぞ。理人のぶんまで、しっかりやるんだ」

そこまで話をしていると、青磁が戻ってきた。微(かす)かに煙草の香りがしたので、本当に一服していたらしい。

「大尉さん、孫を頼みます」

そう言うと次郎は、年に似合わぬ素早さで玄関に向かい、出ていってしまった。

別れは前からわかっていたことだが、あまりに未練がなさすぎる。

白澄は玄関まで追いかけたが、その姿はもう遠い。老人の脚とは思えぬほどだ。

「おじいちゃん……」

戸口に立ち尽くし、祖父の後ろ姿を見守った。すると、背後から声をかけられる。

「ずいぶんと頑固な方ですね」

「え？」

「きみの負担になりたくないから、未練などないように振る舞っておられました。でも、最後に涙ぐんでいらした」

「涙……、おじいちゃんが」

「きみには見えなかったようですが、確かに泣いていました」

顔を上げたが、もう祖父の姿は見えない。

悲しいというより、現実味がないといったほうが正しいのだろう。白澄は、祖父が歩いていった道を見続けた。感情の見えない顔だ。

親がいないのは、もう慣れた。学校に行けないのは、以前からだ。

でも。おじいちゃんが、いなくなった。それは、きっと慣れない。

年をとった人と暮らすのは、のんびりしているけど、本当は怖い。ずっと一緒にいられないのがわかるから、だから怖い。消えてしまいそうだから、怖い。

病気になったり、悲しいことがあったりして、消えるのが怖い。その怖さが、現実になってしまった。呆然(ぼうぜん)とするばかりだ。

寄る辺なさに心が震えていると、隣にいた人が口を開く。

「腹は空(す)いてないですか?」

「え?」

今の状況から、かけ離れたことを言われて、目をパチクリさせた。

「は、はら？」

「腹です。朝ご飯は食べましたか」

言われてみて、確かに朝から何も食べていなかったことに気づいた。

でも、祖父が作ってくれた、握り飯がある。

なけなしの貯えで握ってくれた大事な、大事な握り飯。

きっと華族さまで大尉なんて偉い人には、わからない。命にも等しい食べ物。お腹が空いても、食べずにとっておいた、最後のお米。

こんな輝かしい人に大事な握り飯と言ったら、笑われるだろう。

「食べてないけど、お腹すいていな……」

見計らったように腹が、ぐぐぅーっと鳴った。

「あ、えぇと、違う、そうじゃなくて」

「空腹ですね。わかりました」

「ううん。ぼく、ご飯いらない。おじいちゃんが作った、握り飯があるから」

「握り飯？　それは知りませんでした」

「さっき大尉さまが外に出ていた時にくれたんだ。おっきいヤツを、二つも」

そう言いながら、泣きそうになった。

食事時になると、いつだって祖父は先に食べろと言っていた。足らなさそうな顔をしたら、すぐに自分の碗（わん）から分け与えるためだ。

ダメだよと言うと、年寄りは腹が減らねぇんだよと必ず言った。

そんなはずないのに。

いつだって、いつだって、白澄を最初にしてくれた。どんな時も、どんな時も。

それなのに今も、これみよがしに腹が鳴って恥ずかしい。まるで、同情を誘っているみたいだ。浅ましいと、恥ずかしくなる。

そんなことを考えながら伏せていた顔を上げると、息が止まりそうになった。

青磁は無表情であるが、鋭い眼差しでこちらを見ていたからだ。

別に眉をひそめているとか、怖い表情を浮かべているのではない。ただ、ものすごく深刻で、重い雰囲気があるのだ。

（こ、こ、こ、怖い）

金縛りにあったように、身体が動かなくなった。蛇に睨（にら）まれた蛙（かえる）だ。どうしようと考えるだけで、汗がダラダラ出る。冷や汗というものだ。

「きみは、子供らしくない瞳をしています」

ふいに耳に入ったのは、思いがけない言葉だった。

青磁は懐から小さな箱を取り出すと、手渡してくる。

「どうぞ」

低い声で言われて箱を見ると、キャラメルと書かれていた。

「……コレ、なに」

この答えに青磁は形のいい眉を、片方だけ上げてみせる。

「ご存知ありませんか。キャラメルです」

「きゃ？　きゃ、きゃら、……きゃらぶき」

「違います」

青磁は素っ気なく言うと、紙に包まれたキャラメルを取り出した。そして、薄紙を剝いて中身を摘んで、口元に差し出してくる。

「どうぞ」

「え、ええ？」

この角度だと、受け取って食べるのでなく、口を開いて食べろという意味だ。

会って二回目の人に対してそれは、すごく恥ずかしい。

しかし彼はまったく構っていなかった。むしろ、言う通りにしない白澄に、焦れているような気配を見せる。

「口を開けて」

「は、は、ははは――――はい」

唇を大きく開くと青磁はその中に、そっと菓子を押しつける。舌先に、硬いものが触れた。初めての感触だ。

「すぐに軟らかくなるから、舐めていなさい」

逆らうこともできずに、言われるまま恐々と口を閉じる。そのとたん白澄の顔が、ぱぁっと明るく輝いた。

「甘い……っ」

感激した声に、青磁が目元を細めた。笑っているのだ。

「それがキャラメルです。うまいでしょう」

そう言われて、何度も頷いた。

甘い。おいしい。甘い。甘い。甘い。おいしい……っ。

こんな味、初めてだ。

以前、父が配給されたドロップスを、紙に包んで持って帰ってきたことがあったが、甘くておいしくて、びっくりしたのを思い出す。

でもこれは、ぜんぜん違う。

言うなれば食べたことのない、ハイカラな味だ。

白澄の瞳がきらきら輝いていることに、自分では気づいていない。

生まれて初めて口にしたキャラメルは、口の中で甘く広がり、心まで蕩かしてしまったのだから。

美味を堪能していると、そっとキャラメルの箱を手渡される。

「えっ?」

「差し上げます。好きな時に召し上がってください」

とんでもない台詞に、ぷるぷるぷるっと、必死にかぶりを振る。

「こ、こんなおいしいの、もらえないっ」

そう慌てる白澄を、青磁は目を細めて見ている。

「おいしいから、差し上げるんですよ」

「でもっ」

「これから『でも』は禁止にしましょう」

「でででても」

「今後、『でも』と言ったら、お仕置きです」

「――――そんなぁ」

何も考えずに口走ると、とうとう青磁は、小さく笑った。

「私はいつでも買えます。ご遠慮なく」

懲りずに「でも」と、言おうとした。

だけど彼は人差し指を自分の口元に当てて、優しく「しー」と囁く。

「喜んでもらえて、よかったです。さぁ、そろそろ出発しましょうか」

そう言われて頷き、改めて今まで住んだ古い家を見た。

小さく、すきま風がびゅうびゅう入る、みすぼらしい借家。だが、両親と祖父の思い出が詰まった家だ。

それゆえに思い入れも強いし、離れがたい。

家財道具も借りていた。風呂なんて、もちろんない。水も井戸から。火は薪（たきぎ）どころか、道端で拾った小枝をかき集め、顔を真っ黒にして熾（おこ）していた。

古びていて、なんにもない貧乏所帯。

手荷物だって少ない着替えと、父がいつも手元に置いていた備忘録。それから、母の柘植（つげ）の櫛（くし）だけ。小さな肩かけ鞄（かばん）に収まる量だ。

何も残せず、残らない。儚く小さな幻みたいな家庭。

「白澄さん」

静かな声に促され、頷いて外に出る。

それから二度と、振り返ることはなかった。

2

初めて乗った自動車は、衝撃だった。

何しろ、徒歩が当たり前の生活だ。列車を使う移動も数える程度の経験しかない。陸軍兵だった父は別だが、祖父や母も、似たようなものだっただろう。

それなのに、運転手のいる自動車。目に入る何もかもが新鮮すぎた。人や建物が、あっという間に視界に飛び込んでは、瞬(また)く間に消えていく。後部座席に青磁と並んで座っていた白澄は、車窓に張りつきっぱなしだ。

東京市に入ってから見るものすべてが、今までの常識を超えていた。そのために目を瞠(みは)りすぎて、ぱりぱりする。

信じられない人の数は、生まれ育った町のお祭りを思い出す。いや、お祭りより、人が多い。それに、お囃子(はやし)も聞こえない。

行きかう女の人が、みんな綺麗(きれい)。流行(はや)りなんて知るわけもない白澄だったが、一目で上等とわかる、洒落(しゃれ)た着物や洋装に身を包んでいた。

小粋な髪型、草履に靴、鞄。おめかしして、どこに行くのだろう。誰もが華やかで、楽しそう。嬉しそう。幸福そう。

それと、びっくりするような高い建物。たくさんの窓のひとつひとつに人がいる。

そんな場で、着古しすり切れた着物姿の自分は浮いていた。

(車から降りたら、ぜったい笑われる)

別に羨ましいとか、自分も綺麗な格好がしたいとかではない。ただ、場違いなのがわかるだけに、嘲笑されたらと思うと頬が赤くなる。

「疲れたでしょう」

ふいに声をかけられて、顔を上げる。気づけは青磁が、自分の顔を覗き込んでいた。

疲れたかと訊かれても緊張が極まって、何も言えない。喉がひりついていた。

「家に帰る前に、まず、休憩しましょうか」

窓にベッタリだったけれど、その言葉にようやく振り返った。

「休憩?」

「寄りたいところがあるんです」

建物が多くなってきた場所に、自動車は停車した。

見ると看板が出ていて、『うどん屋』とある。

「うどん……」

「ここの女将とは、顔見知りです。少し、待っていてもらえますか」

青磁はそう言うと自動車を降り、店の中に入っていった。

その後ろ姿を見送りながら、どうしたのだろうと心配になってくる。運転手に、何か事情を知らないか尋ねたかった。

だが初対面の人なので、話しかけるのが憚られる。ガチガチに緊張して無理だった。

間もなくして、青磁は店から出てきた。

彼は後部座席のドアを開けると、下りるように促してくる。白澄が身をこわばらせていると、青磁に手を差しのべられた。

指が長く、綺麗な手だ。

「どうぞ。あ、鞄を持ってきてくださいね」

「かばん？」

こんな古い鞄が、なんだろう。そう思いながらも、言われた通り持って出る。

彼は、うどん屋の引き戸を開けると白澄の背中を抱くように、中に入った。

「いらっしゃい」

痩せぎすで、白髪まじりの髪を一つに結った女将が、低い声で迎え入れる。店内は小さく、洋卓と椅子が三つ。

「奥へどうぞ」

ぶっきらぼうに言われ、指し示すほうを見た。すると、奥に小さな座敷があった。

座卓があるだけの、薄暗くて殺風景な空間。かろうじて座布団があるくらいだ。

（ここは、なんだろう）

どうしてこの店に連れてこられたのか。それがわからずドキドキしていると、先ほどの女将が、盆を持って入ってくる。

「いらっしゃい」

さっさと湯呑(ゆのみ)と澄まし汁が入ったお椀(わん)、そして空の皿を並べていく。出されたものを、まじまじと見た。ここは、うどん屋ではなかったろうか。

「女将に頼んで、座敷を貸してもらいました。ここで昼食にしようと思って」

「え」

「こちらの皿に、先ほどの握り飯をどうぞ」

そう言われて逆らうこともできず、おずおずと竹の皮の包みを出す。

女将はそれを見て、複雑な顔をする。

「大尉さん。それまさか、白飯だけで握ったもんじゃないよね」

「どうでしょう。私は作っているところを見ていないので、わかりません」

彼女は遠慮なく、ジロジロと握り飯を見つめた。そして。

「ちょいと、ぼっちゃん。それ割ってみせてよ」

「え？　割るって」

「うん。ぱかっと二つに割ってみて」

「えぇ……？」

ぼっちゃんと言われて、さらに握り飯を割ってみせろと言う。青磁は鷹揚に、どうぞというように両手を広げている。

（止めてくれればいいのに）

泣きそうだった。だが言われるまま、大きな握り飯を半割りにしてみせる。

そのとたん、女将が大きな声を上げた。

「やっぱり！」

ビクッとするこちらに構わず、女将は怖い顔になる。

「やっぱりやっぱりやっぱり！　あたしが睨んだ通りだ。具がないよっ」

鬼の首を取ったような、そんな言い方だ。

「許せない。この時代に、白飯を握っただけなんて。ああ嫌だ、貧乏臭い。いったい、どこの気が利かない飯炊きだ」

「こ、これはぼくの、おじいちゃんが作ってくれたんです」

だから悪く言わないでと、お願いしたかった。しかし女将はキーッと声を出す。

「爺さんの握り飯！　どうりで野暮の極み。モダンの欠片もありゃしない」

そう言うと、はっと何かに気づいたように顔を上げた。

「そうだ、佃煮を作ってあったんだ。ああ、つくしと春菊と」

そう言って、また店に戻っていった。この間、約二分。

――なんだったのだろう。

まるで台風一過である。彼女の激怒した理由がわからない。

青磁を見ると、彼はおかしそうに口元だけで笑っていた。

「面白い方でしょう」

あれを面白いというのだろうか。

返事ができなかったが、青磁は懐から煙草を出した。それから窓を少し開けると、燐寸で火をつけ、深々と吸い込む。

「煙草って……」

「はい」

「おいしい？」

その質問に青磁は一瞬だけ固まったが、すぐに笑ってしまった。

「煙草は、不味いものです」

「え……、じゃあ、どうして吸うの」

「不味くて、でも、うまい。酒も同じです」

そういえば、父親も同じことを言っていた。

『こんなもの、どうして金を出して買うのか、わからない』

『じゃあ、吸わなきゃいいでしょう』

母親が笑いながら言っていたのを、幼いながらに、そうだなぁと思った。

煙いし指に臭いがつくから、撫（な）でてもらう時ちょっと嫌だったことが、よみがえる。だけど、父は何かを言い返していた気がする。

吸わない奴（やつ）には、わからないと言った。それから――。

『これは不味いけれど、うまいものなんだ』

苦々しいような、懐かしむような、そんな声。

『俺の上官の受け売りだ』

父が言っていた上官とは、すなわち――。

「はい、お待たせしましたね」

女将の声がして、思考が中断された。気づけば、彼女が小鉢を卓に並べている。

「出汁（だし）を取った昆布と鰹節（かつおぶし）で作った、佃煮。近くの土手で採った、つくしと春菊の天ぷら。養鶏場がくれた卵で焼いた、ふかふかの卵焼き」

このごちそうに、青磁も目を丸くした。

「女将さん、お気遣いなく。座敷を貸してくれるだけで、ありがたいんですから」

青磁がそう言うと彼女は、キッと眉を吊り上げた。

「大尉さんの友達なら、おもてなしするのが江戸っ子の心意気だよ。それに、金はかかっちゃいない料理だから、遠慮なく召し上がれ」

女将は言いたいだけ言うと、さっさと座敷を出ていってしまった。

その後ろ姿を見送りながら、青磁が微笑ましげに言った。

「あいかわらず、気っ風がいい」

「女将さんと、お友達なの？」

「そうですね。友達というか、以前ひどい大雨だった時、このあたりで川が氾濫したんです。軍も救援依頼を受けて、駆けつけました」

言われてみれば、父もその手の仕事が多いと言っていた。軍は市民のためにも、働いてくれているのだ。

「それで難儀していた女将さんに、手を貸したのが私だったんです」

青磁はなんでもないように言うが、素っ気ない彼女が心を開いている様子を見ていると、命の恩人とかではないか。

それを手柄顔で言わない彼が、なんとなく信用できると思った。

「実は今日、きみを連れて帰る話を私の母にしたら、それはもう楽しみにされて」

急に家のことを話し始める青磁に驚いた。

「その人って、偉い人でしょう。そんな人がどうして、ぼくなんか」

安堂伯爵夫人だ。そんな高貴な方が、どうして引き取り手のいない孤児が来るのを、楽しみにしているのだろう。

その不信感が顔に出ていたらしい。青磁は口元だけで笑った。

「母は子供が大好きなんですよ」

「ぼく、そんなに子供じゃない、……です」

自分はもう十二歳。可愛い赤ん坊や幼児ではない。そういうつもりで言ったのだが、青磁はまじまじと見つめ、微笑んだ。

「きみは、まだ子供です」

「え」

「子供なのに両親を亡くし、大切なおじいさまと、離れてしまった子なんです」

言葉が出なかった。

自分のことを、そんなふうに思ったことはなかった。

父も母も、いきなり亡くなったのは事実だ。だけど仕方がないと、自分を納得させていた。祖父もまた然(しか)り。何もかも不可抗力なのは、わかっている。

だから、いなくなって淋(さみ)しいとか悲しいとか、考えられなかった。自分の境遇を嘆く暇さえなかった。

青磁は出されたお茶を飲み、静かに言った。

「すみません。邪魔をしてしまった。どうぞ召し上がってください」

そう勧められたが、非常にやりづらい。

目の前に置かれた皿を、そっと青磁に差し出した。

「あ、あの、大尉さまも一緒に食べて」

「私？　いいんですか」

「うん。ぼくだけで、こんなに食べきれない」

もともと食が細い上に、貧しさから一日に二回、薄い粥（かゆ）を祖父と分け合っていた。お腹は空いていても、食べないのが当たり前だったので、胃は小さくなる一方だ。

「ありがとう。では、遠慮なくいただきます」

青磁はまず椀を取ると、澄まし汁を口にする。

「うまい」

そう言って笑う顔が、今まで見ていた彼より数段、優しそうに見えた。

ドキドキするのを隠すように、白澄もお椀を手にした。

「おいしい」

きちんと取られた出汁の、ふんわりした香り。天ぷらを食べてみると、さくさくした歯触りと、つくしと春菊のいい香りが、ふわぁっと口の中で広がる。

「すごく、おいしい……！」

戸を開け放してあったので、女将にも聞こえたようだ。彼女はまたしても、天ぷらがたくさん盛られた皿を持って、座敷に上がってくる。

「うまいかい。ははは、たんと食べとくれ。大尉さんもね」

豪快に盛った皿を置いて、彼女は長居をせずに厨房に戻った。

ちらっと青磁を見ると、彼は綺麗な箸使いで食べている。

姿勢よく座り、少しも粗野な感じがしない。それどころか、お作法の手本みたいに、美しい所作だった。

決して早食いではなく、丁寧に咀しゃくして、あっという間に皿を空にしてしまった。

その悠然とした食べ方に、惚れ惚れしてしまう。

かたや小食の上、節約のために食事を極限まで減らす生活。とつぜん特大の握り飯を持たされたところで、食べきれるものではない。

先ほど女将に言われて、半分に割った握り飯。それを、さらに半分にして食べていた。

だが食べても食べても、減らないのだ。

しかも、二個あるうちの一個は、青磁に食べてもらっている。

「どうしましたか」

そう訊かれて、だんだん罪悪感に押し潰されそうになり、泣きそうになる。

自分が食べきれず、人に押しつけるなんて。しかも相手は華族さまで大尉。

今ごろ血の気が引いてきた。

「食べきれなかったものを人に押しつけるのって、おかしいかな」

「いいえ。きみは小食なんです。それに食べきれないぶんを、人に勧めたでしょう。ものを大事にする。決して無駄にしない。おじいさまの教育の賜物(たまもの)です」

「本当に？」

「もちろん。大切な握り飯の一個を分けてくれて、ありがとう。とてもうまいです」

青磁はそう言って、食事を続けた。淡々と食べる姿は、優雅そのもの。だが、みるみるうちに、皿が空になっていく。実に爽快な食べっぷりだった。

（すごい。……かっこいい）

黙々と食べる姿は、いなせで頼もしく、そして美しい。

ずっと目の前の青年に見惚(みと)れていたことに、白澄は気づいてはいなかった。

□□□

――ここは、なんの建物だろう。

そう思うのは無理もないぐらい、門扉からが長かった。

高い木々の中を抜けて辿り着いたのは、見たこともない巨大な建物だ。

大きな建物に入ったのは、父親が入院していた、帝都の病院ぐらいだった。

(でも、ここは病院じゃない。じゃあ、お城?)

今まで過ごしていた小さな世界しか、知識がない。無知なのだ。

住んでいた町には、大きな建物はない。城もあるはずがなく、見たこともない。知識として大きな建物が城だと知っていただけ。

「やっと到着です。お疲れさま」

青磁にそう言われている間に、運転手が外側からドアを開けてくれた。先に降りた青磁に続いて、ビクビクしながら車を降りる。

目の前には何人もの女性が同じ髪型をして、同じ服を着て並んで立っている。

(……この人たち、なんだろう)

怯(おび)えていると、女性たちは一斉に口を開いた。

「お帰りなさいませ、青磁さま」

ずらりと並んだ女性たちの声かけ。このあたりで、心臓が止まりそうになる。

(こわいこわいこわい)

臆病な白澄は、もうこの挨拶だけで心底、怯えてしまう。

だが試練は、まだまだ続いていた。

「お帰りなさいませ、青磁さま。いらっしゃいませ、白澄さま」

姿勢のいい初老の男性に深々と頭を下げられ、また恐怖を覚えて涙ぐむ。

(もうやだ、もう帰りたい……っ)

青磁の背中に張りついたことに、彼に苦笑されるまで、気づいていなかった。

「ただいま。次から出迎えはいらないよ」

「申し訳ございません」

「白澄さん、彼は当家の執事で、名は香野(こうの)。何かあったら、相談してください」

そう言われて、またしても固まった。

(相談。相談って、父さんより年上の人に何を相談するの。やっぱり、もう帰りたい。

……あれ？　帰りたいって)

そこでようやく、もう自分には家がないことを思い出す。

そのとたん身体が凍りつく。ものすごく心もとない気持ちだ。

家は借家で、もう戻れない。父も母も、この世にいない。頼りの祖父も叔父の元に行き、その叔父には、お前は引き取れないと言い渡された。

(そうだ。帰る家なんて、なかった)

一人で生きていかなくてはならない。

胸が、しんとなる。今さらながら、孤独を痛感した。

その時こわばった背中を、青磁はそっと抱いてくれた。そして中へと促す。

「さぁ、どうぞ中へ。両親を紹介します」

低くて優しい声を聞いたとたん、ほっとした。

「奥さまが先ほどから、お待ちかねでございます」

「やはり、小さい子を連れていくと言っておいたから、そうだと思った」

青磁と執事が話をしている時、屋敷の中から華やいだ声がした。

「まぁ！」

顔を上げると、そこには綺麗に髪を結い上げた和服姿の女性がいた。

「なんて可愛らしいの！　あなた、お名前は？」

「え？　えっと……」

女性は大理石の玄関ホールを横切って歩み寄ると、白澄の隣に立った。

「お母さん。この方は文月白澄さん。白澄さん、こちらは私の母です」

母親と言われて驚いた。彼女は、とても美しく若々しいからだ。

「白澄さん。素敵なお名前。わたくしは日南子(ひなこ)です。仲良しになれたら嬉しいわ」

「は、はい」

こんな別世界の人に親しげにされ、緊張して心臓がバクバクした。それがわかったのか、青磁が優しく笑いかける。

「怖がらなくても大丈夫。母は小さな子だけでなく、綺麗な子も大好きなんです。きっと友達になれるでしょう。さて、父も家にいますから、挨拶しましょうか」

さらに父親と言われて、胃が重くなるのが子供心にもわかった。

（ああ……、まだ何かあるの……）

普段は虚弱を理由に学校に行かず、祖父と二人で静かに暮らしていた。人みしりも無理はない。おまけに朝からいろいろありすぎだ。すると。

「疲れましたか?」

青磁に、ふわりと髪を撫でられたので、かぶりを振る。

「ううん、疲れてない」

「でも、顔色が悪い。ずっと車だったし、疲労が溜まったのかな」

強引な理屈を展開された。

「ずっと座っていただけだもん。疲れるわけない」

「ずっと座っているから、疲れるんです。お母さん、白澄さんを休ませてあげたいのですが、お父さんにうまく言ってもらってもいいですか」

彼の父親は伯爵だ。そんな人を待たせるわけにはいかないと、子供でもわかる。

「ううん、ぼく大丈夫で」

「す」と言う前に、「大丈夫じゃありません」と横やりが入る。日南子だ。

「青磁さん、お部屋へご案内して。香野、冷たい飲み物を用意してちょうだい」

彼女はテキパキと指示を出すと、着物の襟元を整えた。

「お父さまは任せてちょうだい。それより早く、白澄さんをお部屋にお連れして」

それだけ言うと、彼女は奥へと消えていった。

え？　えええ？　と戸惑っていると、いきなり身体が宙に浮く。

「ひゃぁ？」

変な声が上がった。それもそのはずで、青磁の胸に抱かれるようにして、横抱きにされていたのだ。

「お、下ろして」

「いいから。すぐに部屋に行きましょう」

彼はそう言うと、廊下を歩きだした。だが、その時。

リーンゴーンと音が響く。なんの音かと顔を上げると、執事が足早に扉に近づき、それから、深々と一礼した。

「これは天花寺のお嬢さま。ようこそ、いらっしゃいませ」

「こんにちは。お兄さまがお帰りなのを使用人が見かけて、教えてくれたの」

鈴を転がすような声。可愛らしい少女の姿が、大きな扉の向こうから見えた瞬間。

彼女と視線が合うと、白澄は比喩でなく視線で射殺されるかと思った。

(ひ……っ)

少女は執事を押しのけるようにして中に入ると、ぎらぎら光る目を向けた。

「お兄さま、ごきげんよう。この方、どなた」

声は先ほどと同じく、愛らしい。しかし、その眼差しは咎(とが)めるものだった。

だが見上げるほど長身な青磁には、彼女の表情は見えていないらしい。

「喜和子(きわこ)、ごきげんよう。今ちょっと忙しいから、母のお相手を頼もうかな。香野、喜和子を応接の間にお通しして」

それだけ言うと、青磁は少女に背を向けて大きな階段を上り始めた。そのとたん、白澄は上がりそうになった悲鳴を、必死にこらえる。

(ひゃぁぁぁぁ……っ)

青磁の肩越しに見えた彼女の表情は、まさしく般若(はんにゃ)のそれだった。

3

あの美少女は、どうして怖い顔で自分を睨みつけていたのか。考えても回答が出ない。ただただ、恐怖だけが心に残る。

青磁に連れていかれた部屋には大きな寝台があって、白澄はそこに下ろされた。そのとたん、ハッと正気に戻る。

「だ、ダメ。汚したら大変だもん、寝られない」

自分が着ている、ボロボロの着物を思い出して、顔が赤くなる。慌てて寝台から下りようとすると、青磁はそっと身体を押さえた。

「ここは、きみの寝台です」

「え？」

「そして今日から、きみの部屋です。ゆっくり寝てください」

「えぇっ？」

信じられない思いで、部屋の中を見回した。

白と水色を基調とした室内は、西洋建築を知らない身でも、目を奪われる。

美しい布が張られた壁紙。彫刻が施された柱や天井。たくさんの窓には、レースのカーテン。日が当たっているから、きらきらと輝くようだった。

生まれて初めて見る、美しく豪奢な部屋だ。

「こんな立派なとこ、無理！」

「いい部屋ですよ。幼少の頃から成人するまで、私が使っていました」

「そんな大切なとこ、借りられない。ぼく三畳もあれば十分だから」

「当家には三畳間はありません」

「ど、どうして」

「四畳半も、六畳間も同様です」

「そんなぁ」

考えてみれば、こんな立派な西洋建築の家だ。畳敷きの部屋があるわけがない。

「あの、女中さんたちと一緒の部屋は」

「女中は屋敷の屋根裏の、二人部屋を使っていますが、畳敷きではないです。何より、男子と女子が同じ部屋で寝起きするなど、許されることではありません」

言われてみて気がついた。男女七歳にして席を同じうせずが当たり前の、儒教の教え。

子供といえど、白澄はもう十二歳だ。

「ぼく、そんなつもりじゃ……」

しょんぼりした姿を見て、どう思ったのか。青磁は小さく溜息をつく。

「きみは、この部屋にご不満でしょうか」

「ううん、そうじゃなくて」

「では客用の、もっと大きな部屋を用意しましょう。そうだ、それがいい」

「ううん、ううん！　困るから！」

「私が子供の頃から使っていた部屋で、ご満足いただけますか」

「う、う、う。うん。うんうんうん」

青磁はどこか面白がっているような目をしていることに気づかず、白澄は必死で頷いた。手練(てだ)れの術中にはまっているのを、子供だから想像もできないのだ。

「そうですか。では寝台や机を新品に替えたかったら、いつでも言ってください。仏蘭西(フランス)に注文するので、時間がかかりますが」

とんでもない話にゾッとした。

(仏蘭西。仏蘭西ってどこ。地の果て？)

「新品でなくて申し訳ないですが、なにぶん急な話でしたので。後日、新しいものと取り替えましょう」

とんでもないことを言われて、必死にかぶりを振る。

「そうじゃなくて！　新しいものなんて、贅沢すぎるっ」

「そうですか？」

「そう。絶対そう！」

混乱し慌てて、同じことを二回も言う。その時ノックの音がした。

「失礼いたします。お飲み物をお持ちしました」

さっきも見かけた女中が、銀の盆を持って入ってくる。そしてテーブルの上にコップを置き、お辞儀をして下がっていった。

「ちょうどよかった。一服しませんか。檸檬水を運んでもらったことだし」

先ほど女中が持ってきた氷水は、ひんやりして、いい匂いがする。

「どうぞ」

「あ、ありがとう」

硝子のコップに湛えられた冷たい水は、身体の中に染み渡るようだった。

「おいしい……っ」

「そうでしょう。おかわりもありますから、どうぞ遠慮なく」

「はいっ」

いつも控えめになる白澄だったが、この檸檬水だけは素直に喜んだ。それだけ渇きを覚えていたのだ。

「夜はあの天窓から、月と星が見られます」

「夜空が、部屋の中で見えるの」

「素敵でしょう？　あちらの窓のそばには大きな樹が植わっているから、小鳥と友達になれますよ。私も愛着ある部屋です」

優しい声で言われて、なんだか緊張が解ける。

「ぼく、こんな綺麗な部屋に住むのは、初めて」

「そうですか」

「うん。いつも、おじいちゃんと二人で一つの部屋だった。父さんと母さんは、同じ部屋だったけど……」

そこまで話したとたん、今さらながら両親のことがよみがえる。

（二人とも、もういないんだ。父さんが死んじゃって、母さんは人形みたいになっちゃって。そして死んじゃった。母さんにとって、ぼくはどうでもよかったんだ）

ふつう夫が亡くなったら、母親は子供と家庭を守るために、奮起するだろう。

でも、母はそうでなかった。

夫の死を嘆いて、ただ泣いて悲しんで、とうとう後追いをしてしまった。

ダンマリになって考え込んでしまったのを、どう思ったのか。青磁は白澄の髪をそっと撫でた。ハッとして我に返ると、真摯な眼差しで見られている。

「あ、ぼんやりしちゃった、ごめんなさい」

「きみは、ちゃんと泣きましたか」

「え」

ちゃんと泣く?

不可解な台詞に、目をパチクリする。ちゃんと泣くとは、変な日本語だ。

「お父さんが負傷して帰国した時。治療の甲斐なく亡くなった時。お母さまが亡くなられた時。おじいさまとお別れになった時。きみは涙を流して、悲しみましたか」

「どういう意味?」

この質問は、まったくの意味不明だった。

父親は重傷で日本に戻って、すぐに入院してしまった。もちろん何度も見舞いに行ったけれど、意識も戻らず、そして死んでしまった。母も似たようなものだ。

おまけに世界で誰よりも頼りにしていた祖父とも別れてしまった。

嘆く暇なんかない。自分は一人で生きるしかない。

そうしなくては誰かに、そう、青磁に迷惑をかけてしまう。

こんなに優しくしてくれる人に、迷惑をかけたくない。

「ぼくは、泣かない」

「泣いたほうがいいです」

「ううん。ぼく、泣かない」

「なぜですか」

どうして彼は、こんなに執拗に質問をするのだろう。

本当は、こんな話はしたくない。心の傷を、かき回さないでほしい。

そう抗う気持ちと、何もかも吐露してしまいたい葛藤と。

心の奥底に隠している感情は、なんだろう。

抑圧されていた精神の向こう側にある、不可思議な気持ちは。

「泣いたら……、立てなくなる」

自分でも、ぶっきらぼうな言い方だと思う。でも、取りつくろうことができない。

「いいんです」

「え」

大きな瞳で青磁を見つめると、彼は表情を変えず、ただ優しい眼差しをしていた。

「泣いて立てなくなったら、私がきみを支えます」

思いもかけないことを言われて、瞬きをくり返す。すると、その拍子に何かが頬をすべり落ちた。なんだろうと思って指で触れると、それは濡れている。

――――涙。

青磁は何も言わず、白澄の身体を引き寄せ、そして強く抱きしめた。

「大尉さ……」

「きみのことは、私が守ります」

そう囁かれて、夢を見ているようだった。

宮殿のように美しい館。優しい大尉さま。慈しむ言葉の数々。でも。

それらのすべてが、薄氷の上に建つ幻の宮殿のように、儚いものだった。
□□□

しばらく泣いて、気持ちが落ち着いたのと同時に、ものすごく恥ずかしくなった。

その時、ふいに先ほど玄関で会った少女のことが気になった。

「あの、さっき玄関にいた女の子、誰？」

「女の子？」

「大尉さまのことを、お兄さまって呼んでいた子……」

「ああ、喜和子のことですか」

どうやら、本当に忘れていたらしい。

「彼女は天花寺喜和子さん。当家の隣に屋敷を構えている、天花寺家のご令嬢です。確か今年十二歳だから、白澄さんと同じ年齢です」

「同い年？」

驚いた。大人びて見えたから、もっと年上だと思ったのに。

「子供の頃から、当家に出入りをしています。母と仲がいいようで、よく一緒に歌舞伎(かぶき)を観に行っているようですよ」

「はぁ」

「何が面白いのか知りませんが、私と結婚するとずっと言い張っています」

「えぇぇ」

まだ十二歳なのに、そんな話が出ているなんて驚きだ。しかし上流階級の人々の考えることなど、白澄ごときにわかるはずもない。

「そうなんですか」

自分には考えもつかない令嬢の話が、なんだかおかしかった。そう言おうとした、その瞬間。扉をノックする音がする。

「どうぞ」

青磁がそう言うと、件(くだん)の少女が部屋の中に入ってきた。喜和子だ。

彼女の後ろには、銀色のワゴンを押しながら女中が続いた。

先ほども可愛いと思った。でも、明るいところで見ると、とんでもない美少女だ。

真っ白い肌に、艶のある豊かな黒髪。整った目鼻立ちに、長い睫(まつげ)。ふっくらとした薔薇(ばら)

色の頬に、果実みたいな唇。

西洋人形のような、端整な美貌だった。

「お兄さま、わたくしも仲間に入れてくださいな」

「男ばかりの部屋に入るのは、淑女のすることではないよ」

「ごめんなさい。でもお兄さまが帰ってこられたから、嬉しくて」

もじもじしているが、快活だ。こんな美少女に慕われたら、悪い気はしないだろう。青磁は彼女を椅子に座らせると、女中が持ってきたお茶をすすめた。

「お兄さま。お客さまをご紹介してくださらない？」

物怖じしない彼女は、白澄のことを教えろと言い出した。ものすごく度胸がある。

「ああ、失礼。こちらは文月さん。私の部下の息子さんだ。白澄さん、彼女は天花寺喜和子さん。お隣に住むお嬢さんで、天花寺百貨店のご令嬢です」

先ほど話題に出ていたことなど素知らぬ顔で、紹介してくれた。

しかし百貨店とは、いったいなんだろう。生まれ育った土地には、百貨店と名がつく店舗が存在しないから、白澄はわけがわからなかった。

しかし、ここで訊くのは場違いだと、雰囲気で察する。

「まぁ。女の子かと思ったら男の方なのね……。喜和子です。仲良くしてくださいね」

「は、はい。文月白澄です。よろしくお願いします」

「こちらこそ、よろしく。年も近そうで嬉しいわ。きっと仲良しになれますわね」

にっこりと微笑まれ、嬉しくなる。自分自身も、年の近い友人がいなかった。それに、こんな綺麗な少女に優しくされて、嬉しくないわけがない。

白澄は、天にも昇りそうな気持ちだった。

「……ねぇ、お兄さま。なんだか臭わない？」

とつぜん言われて、驚いてあたりを見回す。

この典雅な部屋で、何が臭いというのだろう。

「別に臭わないよ。喜和子の気のせいじゃないかな」

青磁がそう言ったが、少女は「ううん」と、かぶりを振る。

「でも臭いわ。なぜかしら。普段このお屋敷の中が臭いなんて、ありえないのに」

そこまで言われて、ハッと気づく。臭いのは、自分だ。

汗をかいたままだったし、そもそも風呂に入っていない。

水道も瓦斯（ガス）も、ようやく普及し始めた。だが、家に風呂がないのは珍しいことではなかった。銭湯に行くか、貰（もら）い湯をするのが当たり前だ。

そして白澄は、その貰い湯さえ、めったにできなかった。

「こんな素敵なお部屋なのに、汗臭いなんて、信じられない」

チクチクと、言葉の針に刺される心境だ。どうしようと身を竦めた瞬間。

「ああ、すまないね。汗臭いのは私だ」

そう言ったのは、青磁だ。少女は慌てて両手を振った。

「お兄さまが臭いなんて、そんなわけないわ」

「いや、私だよ。今日は早朝からの演習を済ませてから、白澄さんを迎えに行ったからね。湯浴み(ゆあ)をする時間が、取れなかった」

青磁の言葉を聞いて、涙が出そうになった。

庇(かば)ってくれた。

彼は自分を庇ってくれたのだ。

胸が熱くなる。こんなふうに守ってもらったのは、初めてだった。

「では行水でもしようか。白澄さんも疲れているから、汗を流したほうがいいでしょう。湯浴みは、疲労が取れますからね。香野、香野はいるかい」

呼び鈴を鳴らして、執事を呼ぶ。すると、忠実な彼はすぐさま現れた。

「お呼びでございますか」

「うん。これから白澄さんと一緒に、行水をしたい。二階に用意してくれないか」

「かしこまりました」

執事が頭を下げて部屋を出ていったが、白澄は言葉が出なかった。

(白澄さんと一緒に)

（白澄さんと一緒に）

（白澄さんと一緒に）

頭の中でくり返し、ようやく脳に届く。

「えぇぇぇ――――っ！」

叫んだのは白澄と喜和子で、肝心の青磁はまったく澄ましたものだった。

4

家の中に浴室があることに、羨望の溜息が出た。

屋敷は西洋建築だが、浴室は和式の大きな湯殿（ゆどの）があるという。敷地内にある水汲（みずく）み場から、水屋のように天秤棒（てんびんぼう）で水を運び、薪をくべて沸かしているそうだ。

だが、白澄が案内されたのは西洋式の浴室で、真っ白な浴槽が置いてある。

その中には、綺麗なお湯が張ってあった。女中たちが水汲み場から運んだ水を沸かして、浴室を何往復もして運んでくれたのだという。

「これが、風呂桶（おけ）？　風呂？　お風呂って？」

初めて見た美しい物体に、目を奪われる。しかもお湯は、さら湯。ありえない。

いつも近所の家で遠慮がちに貰い湯する時は、大人たちが入った後。なので、ものすごく汚れている。それは仕方がない。銭湯代も節約しなければならなかったからだ。

それなのに、こんな綺麗な湯を使っていいなんて、信じられない。

「はい。外国人のお客さまを招待することもあるので、用意しています。この風呂桶を西洋では、バスタブというんですよ」

「すごーい……」

「ところが瓦斯や水道の普及が遅いため、お湯は炊事場で沸かして、持ってきます。だから、すごくないんですよ。でも、とても手がかかっているので、感謝ですね」

「やっぱり、すごい。お湯が綺麗すぎて、飲めそう」

「飲んでは駄目ですよ」

本気で言ったら、笑って諫(いさ)められた。

「西洋式に建てていますが、家族の風呂は一階にあり、薪で沸かしています。入浴順は父が最初で、次が母。それから子供の順。今ごろは階下で女中たちが、風呂の準備をしています。今日はこちらで行水をして、汗を流しましょう」

「あの」

「なんでしょう」

「ええと、……ぼくのせいなのに、ごめんなさい」

「きみのせい?」

「ぼくが臭かったから、喜和子さんが怒っちゃった。風呂に入れてなかったから」

そう言うと青磁は肩を竦めた。

「先ほども言いましたが、演習で汚れているのは本当です。喜和子は女の子ですし、臭いに敏感なのでしょう。気にしないで大丈夫」

微妙にズレていた。

白澄が言いたかったのは、彼が自分を庇ってくれたことだ。だが、青磁は喜和子が臭いのために機嫌を悪くしたと思っている。

（うわー……）

青磁が当たり前に服を脱いでいくが、白澄はその美しい姿に、釘づけになる。

（脚が長ーい。筋肉が綺麗についている）

（まるで役者絵みたい。素敵なぁ）

（褌姿が格好いい）

ポーッとなってから、ハッとする。

（ちょっと待て。ちょっと待てよ？　今、ふ、ふ、褌姿、が、綺麗？　素敵？　格好いい？　とか思わなかった？……って、ぼく何を考えてるのーっ）

かぁぁーっと顔が赤くなるのがわかった。

父が家にいた頃は、仕事から帰宅すると、一緒に銭湯へ行った。だが、顔が赤くなるわけもない。誰の裸を見ても同じだ。

（恥ずかしい。格好いいと思ったことが、恥ずかしい。ううん、それだけじゃない。ぼく痩せっぽちで、みっともない。恥ずかしい！）

こんな眩しい体軀の前に晒すには、あまりに貧弱だと臍を嚙む思いだった。

しかし着衣のまま、風呂に入るわけにはいかない。

意を決して脱衣する。視線を感じて顔を上げると、青磁に見られていた。

（えええ。こっちを向いている。なんでっ）

ピキーンと固まっていると、白い浴槽に入るように言われる。その通りにすると、お湯を勢いよく身体にかけられた。

「わぁ……っ」

「行水だから浴槽の中で洗いますが、風呂場では湯に入る前、髪と身体を洗うこと」

「は、はい」

「洗い終わったら、お湯でよく流してから湯船に入ります。次に入る人のことを考えて、お湯を汚さずに入浴すること。いいですね？」

水は貴重。お湯はさらに大事。そのことを丁寧に教えてもらったのだ。

白澄は生真面目に頷いた。貰い湯した時に、お湯が垢で汚くて、すごく嫌だった。そんな自分が抱いた嫌な思いを、ほかの人にさせてはいけない。

ひとしきりお湯をかけられた後は、髪を洗うからと座らされた。

髪洗い粉を使われて、大きな手で頭を洗われる。すごく気持ちがいい。

しばらくボーッとしていると、頭からお湯をかけられて、一気に目が覚めた。慌てて頭を振り顔を拭うと、目の前には青磁の顔がある。

「た、大尉さ……」

「これからは私を大尉さまではなく、青磁と名前で呼んでください」

「呼べない」

父の上官で、年上で、大尉さま。名で呼べるわけがない。

「私が、そう呼んでほしいのです」

低い声で囁かれて、小刻みに震えながら頷く。目力が強すぎて、逆らえない。

「せ、せ、青磁、さま」

「別に、呼び捨てでいいですよ」

「無理……っ」

「無理難題を言っているつもりはないのですが」

大真面目に返されて、本当に困った。

「じゃ、じゃあ、青磁さまも、ぼくを白澄って呼び捨てにして」

悲鳴みたいな声が出た。すると、思いがけないぐらい優しい目で見つめられる。

「呼び捨てでいいのですか。そんなことでよければ、いくらでもお呼びしますよ」

「え」

「白澄」

低く甘い声で囁かれて、顔から火が出そうだった。

真っ赤になっているのに気づかないのか、にっこりと笑われる。大人の余裕だ。

確かに彼にとって子供を呼び捨てにするなど、造作もないだろう。しかし白澄にとって、名前で呼ぶのは恥ずかしいことなのだ。

「まぁ、追々に馴染んでいきましょう。さて、私も行水しますか」

彼は手早く髪と身体を洗い、頭からお湯をかける。

「早い」

思わず言ってしまった。青磁は穏やかに笑い、髪を撫でつける。

「軍隊というのは入浴時間が、とても厳しく決まっています」

そういえば父も、風呂が早かった。母がよく、カラスの行水ねと笑ったぐらいに。

「階級が上だから長めに入れますが、入隊直後は。さながら刑務所ですよ」

「刑務所って。伯爵さまの息子なのに？」

その言葉はかわされた。

「かけ湯を用意してもらったから、その湯で流して、行水は終了にしましょう」

そう言うとお湯の栓を抜き、近くに置いてあった盥から、お湯を掬い流してくれ、身体も綺麗に洗ってくれていた。

浴室から出て手拭いで身体を拭っていると、浴衣を手渡された。

「私が子供の頃に着ていた浴衣です。新品でなくてすみません」

麻の葉もようの浴衣は、新品みたいに綺麗に畳まれている。皺一つない。

「こんな綺麗な浴衣、いいの？」

「もちろん」

袖を通すと、ぱりっとした感触。石鹸のいい匂い。さらさらとした肌触り。

こんな感覚は久しぶりだ。そう、母が亡くなってしまったから、家での洗濯はほとんどなかった。

「いい匂ーい」

着るものが洗い立てで、いい香りがする。

こんな当たり前のことが、すごく新鮮で、とても久しぶりな感覚だった。じんわりと母の記憶がよみがえる。

両親が相次いで亡くなってから半年しか経っていない。でも自分は、すごく遠くに来た気がする。

（お母さん）

思わずしんみりとしていたのに対し、青磁はどう思ったのか。

彼は白澄に浴衣を着つけると兵児帯を手際よく結び、くるっと身体を回転させて結び目を確認し、満足そうに頷いた。

「綺麗にできました。さぁ、父のところにご挨拶に伺いましょう」

□□□

安堂伯爵は青磁によく似ている紳士だった。

似てはいるが、もっと穏やかで優しい目をしている。白髪まじりだったが、後ろに撫でつけていて格好がいい。家の中でもシャツとズボンという洋装だった。

「文月白澄さん。行き届かないことがあったら、遠慮なくおっしゃい」

優しい目で見つめられて、息が止まりそうになる。

「あ、あの、ぼくを引き取ってくれて、ありがとう……、ございます」

つっかえながら、なんとかそれだけを言った。伯爵は鷹揚に頷くと、香野を呼ぶ。

「夕飯には子供が好きそうなものを、入れておやりなさい」

「かしこまりました」

では夕餉にまた会いましょうと言われたので、青磁と一緒に退室した。

廊下に出たとたん、脚がもつれて座り込みそうになった。すると背後から、がっしりした腕に抱きかかえられた。青磁だ。

「大尉、ちが、あの、青磁さま」

「お疲れさまでした。部屋に戻って、お茶にしませんか」

「う、うん」

伯爵の威厳と優しさに、圧倒されてしまった。

サロンと言われる部屋に案内されると、そこには喜和子の姿があった。

「やぁ、喜和子。きみ、まだいたのかい」

「ひどいわ、お兄さまったら。喜和子なんにも、おしゃべりしていないのよ」

コロコロと鈴を転がすような声で笑われて。傍らにいた白澄がホッとする。

(さっき、目が鋭かったように見えたけど、あれは見間違いだよね)

可愛らしい笑顔を浮かべる美少女が、自分を睨むわけがない。先ほどは疲れていたから、見間違えてしまった。

「失礼いたします」

そうこうしているうちに、執事がお茶を持ってきた。銀色の茶器と、真っ白なカップ。注がれるのは、いい香りの紅茶。

(外国のお茶だ。初めて見た)

帝都では当たり前になってきた紅茶も、初めて見た。お茶うけにウエハースやバウムクーヘンといったお菓子が並ぶ。

「どうぞ、召し上がれ」

青磁に優しく言われて、戸惑った。どうやって食べればいいのだろう。

すると目の前に座る喜和子が、「いただきます」と言って、置かれたカップから、ひとくちお茶を飲む。フォークを使って、バウムクーヘンを口に運ぶ。

「いい香りね。おいしいわ、お兄さま」

にっこりしながら、そう言った。これだ！　と白澄は光明が見えた気がした。

彼女は模範のように、一通りやってくれたのだ。これを真似しない手はない。

「いただきます」

そう挨拶してからカップを取り、お茶を口に含む。初めて飲む薫り高い紅茶に、目が飛び出そうになった。

（なにこれ。なにこれ。なにこれナニコレなにこれ！）

喜和子は行儀よくひとくちでカップを置いたが、こちらは、それどころではない。経験したことがない、香り高い美味だ。

青磁と喜和子の顔が目に入らないまま、勢いよく紅茶を飲み干してしまった。

「おいしい！」

お手本ではここで、にっこりの予定だったのに、もはや叫びに近かった。

馥郁たる香り。それを嗅いだのではなく、味わったのだ。こんな感動は、生まれて初めてだった。

胸がドキドキする。顔が熱い。頭の中がチカチカ輝いているみたいだ。こんなおいしいものが、この世にあるなんて信じられない。

興奮している横で、優しい声がした。

「口に合ったようですね。よかった」

穏やかな青磁の声がして、ようやく我に返る。

部屋の中が、言いようのない空気で満たされているのだ。

(あ、……あれ？　あれ？　あれれれ？)

恐々と顔を上げると、優雅な笑みを湛えた執事。同じく教育の行き届き届いた女中。凍りついた顔つきの喜和子。それから。

嬉しそうに目を細めている青磁が、白澄を見つめていた。

こちらは冷や汗がだらだら流れていた。自分は、……自分は、とんでもないことを、してしまったのだ。次の瞬間、血の気が一気に引いた。

(ぼく、ぼく、ぼく、なんてことを……っ！　せっかく喜和子さんが、お手本を見せてくれたのに、あんまり美味しくて、ものすごい勢いで飲んじゃった)

頭を抱えたくなっているとノックの音がして、女中が部屋に入ってきた。

「失礼いたします。青磁さま、旦那さまがお呼びでございます」

「わかった。喜和子と白澄は、ゆっくりしていてください」

そう言うと、香野と一緒に出ていってしまった。

しかも、初対面の女の子と二人きり。どうしていいか、わからない。

困っていると、ポツッと彼女が何かを呟いた。

「え、あの、ごめんなさい。聞こえなかったです」

すると喜和子は、にっこりと微笑んで今度は、一言一句はっきりと、こう言った。

「この愚か者が、と言いました」

「……は？」

「紅茶も知らぬとは、どこの田舎から出てきた山猿じゃ」

はきはきとした口調で言われて、凍りつく。

「それから先ほど臭いと申したのは、言うまでもなくお前だ。それなのに、お兄さまと湯浴みとは。なんと厚かましい山猿だろう」

可愛らしい唇から邪悪な、蛇や蠍が零れ落ちるみたいだ。

「あ、あの」

「そもそも馴れ馴れしい。お兄さまは、未来の安堂公なるぞ。身の程をわきまえよ」

ええええええ。

硬直している白澄に構わず、喜和子はつけつけと言い放った。

「その目はなんだ」

「え？　目？　目ってどういうこと」

「この痴(し)れ者が。わたくしを誰と心得る」

「え、え、え、天花寺、喜和子、さん……」

「馴れ馴れしく、喜和子さんなどと呼ぶな。喜和子さまと言え」

先ほどまでの美少女は、いったいどこに消えたのか。

目の前にいるのは、般若みたいな顔をした、元美少女だった。

この凄(すさ)まじい顔には、憶(おぼ)えがある。

そうだ。ずっと引っかかっていた、初対面での顔だ。

「きききき、喜和子さま……っ」

「よし。頭に叩き込んでおくがいい。いいか。はっきり言うておく。これ以上、お兄さまに馴れ馴れしくするな。あのお方は、わたくしの未来の旦那さまだ」

ギロリと睨まれて、とうとう白澄は引っくり返ってしまった。

□□□

それから、どうやって自室に辿り着いたのか。一切の記憶が抜け落ちていた。

それぐらい、喜和子の変貌が衝撃的すぎた。

呆然自失となってしまい、夕飯を食べることもできなかったぐらいだ。

（あんなに綺麗で、あんなに可愛いのに。……あああ、なんてことだろう）

初めて近しく接した女の子の、あの変わりよう。これは打撃が大きかった。

大きな寝台に寝っ転がって、綺麗な毛布に包まりながら、悶々としてしまう。

（あの子、お隣に住んでいるって言っていたなぁ。お隣……、安堂の家はお城みたいに広いけど、あの子はふつうに家の中に、入ってきたよね。ちょっと怖いなぁ）

ころん、ころんと寝台の上を転がって、またしても毛布に顔を押しつける。

（青磁さまと話をしたいけど、いつどこで喜和子さんにバレるか、わからない。見つかったら、すごく怒られる。どうしよう。どうしたらいいのだろう）

答えが出ないまま、眠気が襲ってくる。そのまま、うとうと眠り始めた。だけど、その就寝は、穏やかなものではない。

怯えて寝たせいか、寝汗で目が覚めた。

暗闇の中ひとりでいると、考えなくていい不安がよみがえる。

相次いで亡くなった両親。祖父との別れ。乗り越えたはずの様々なことが、大きく心に重くのしかかる。怖くなって、月明かりの中、手探りで部屋から廊下に出る。

誰もいない広い廊下の隅に、ぽつんと座り込む。

廊下ももちろん暗くて怖いけれど、なんとなく、ほの明るくて安心する。

ひとりの部屋は、なぜだか怖い。

普段は感じたことのない怯え。自分はなぜか、心が揺れている。

「白澄？」

ふいに声をかけられて顔を上げると、青磁の姿があった。

「こんな夜遅く廊下に座り込んでいるなんて、どうしたのですか」

「青磁さまは、こんな遅くにどうしたの？」

「私は書斎で仕事して、今から部屋に戻るところです。白澄は眠れないのかな」

優しい声に、思わず頷いた。すると大きな手を差しのべられる。

「では、今から厨房に行きましょうか」

「厨房って、……台所？」

「そうです」

青磁に手をつないでもらって長い廊下を歩き、辿り着いた厨房はもう火が落ちている。

いったいどうするつもりなのかと思っていると、肩を抱かれて中に入ることになった。

いきなり言われて戸惑ったが、青磁は慣れたものだ。

調理台の上に置いてあった魔法瓶から、熱いお茶を淹れて手渡してくれる。それから水屋簞笥から箱を出すと、蓋を開けた。

「夕食の席にいなかったから、心配していました。香野が白澄は先に休みたいと言ってい

た と言うので、様子は見に行かなかったけど」

「あ……」

　そうだった。喜和子のショックが強すぎて、食事どころではなかった。執事には適当に、睡眠不足だと言ってしまったのだ。

「ごめんなさい」

「具合が悪くないなら、いいんです。でも、お腹が空いたでしょう？」

　青磁が明けた箱の中は、大きなカスティラが入っていた。

「母への土産に持ってきたものですが、少し食べませんか。おいしいですよ」

「うん。食べたい。それ、なんていう食べ物？」

「カスティラ。南蛮菓子です」

「なんばん？　かすてぃら？」

「戦国時代に来日した、ポルトガルやスペインなどのことを指して言う呼称です」

　彼は焦げたような塊に包丁を入れた。まっ黄色の、たんぽぽの花の色をしたお菓子だ。

「わぁっ」

　金色のカスティラは、ふかふかで、いい香り。

「カスティラ……。外国のお菓子？　どうして、まっ黄色なの」

「日本に来てから改良されて、カスティラと呼ばれました。黄色なのは鶏卵を、たっぷり使っているからです」

「卵……、お菓子に卵？　信じられない！」

贅沢品の卵を菓子などに使うなんて、驚きだった。白澄にとっての卵は、病人や妊婦が食べる、薬と同じ認識だからだ。

「牛乳と小麦粉と蜂蜜も、たくさん入っていますよ」

「はちみつ！　病人じゃないのに！」

倒れそうになっていると、青磁に笑われてしまった。

「確かに贅沢な食べ物です。しかも栄養よりも、美味を追求して作られていますからね。菓子もお茶も、嗜好品とはそういうものです」

「卵と牛乳と小麦粉と蜂蜜……。牛乳って、飲むものなの？　牛のお乳だよね」

「牛乳は、よりたくさんの栄養があります。確かに贅沢ですが、それらはとても美味だし、何よりも力になることがあるんですよ」

どうぞと勧められて、恐る恐る金色の菓子を食べてみる。

口の中に入れたとたん。今まで遭遇したことのない感覚に襲われる。

シャリっとして、ふわり。

「え？　ええ……っ」

初めて食べる、カスティラ。白澄の知らない、たくさんの美味が詰まったお菓子。

「お、おおおおおいしい……っ」

「でしょう」

生まれて初めて味わう南蛮のお菓子は、青磁がくれたキャラメルよりも複雑な味だった。おいしくて、あっという間に口の中で溶けた。

「……あっ」

「どうしました?」

「口の中で、溶けた……」

「お気に召しましたか」

呆然とした顔のまま、ゆっくりと言葉にした。

「すっごく、お、いし、い。……おいしくて、びっくりしっちゃった」

溜息のように呟くと、青磁は目を細めた。

「それはよかった。紅茶もどうぞ。こちらは夜中に困らないよう、用意してもらっています。魔法瓶に入れておくと、いつでも熱いお茶が飲めるので」

彼は説明しながら、自分用に注いだお茶に口をつけた。白澄も見習って、同じようにカップに唇をつける。熱くて甘くて、やっぱりいい香り。

「おいしーい……」

ひとくち飲んだだけで、指先が温(ぬく)もっていく。

「お茶を飲んだら、私の部屋に行きましょう」

「青磁さまのお部屋？」

「今夜は冷えるし、一緒に寝ませんか。子供は体温が高いから、暖が取れる。こんな夜には、うってつけなんですよ」

そう言われ、少しだけ考え答える。

「暖を取るって、ぼく湯たんぽじゃないもん」

そう言い返すと、楽しそうに笑われた。

「平日は兵舎に泊まり込むことも多いですが、土日は帰宅します。その夜は一緒に寝て、起きたら、乾布摩擦をすることにしましょう」

「……かんぷまさつぅぅ？」

心底イヤそうな声が出たが、青磁は大真面目だ。

「心身を鍛えるのは、難しいことです。だけど抵抗力をつけ、風邪などの病気にならないよう、努力はしましょう。体力がついたら、少しずつ鍛えればいい」

祖父が「身体も小さいし虚弱」だと言ったことを、気にしてくれているのだ。

かんぷ摩擦なんて大嫌いだけど、自分を思ってくれる人の気持ちは無にできない。

「青磁さまが一緒にするなら……、かんぷ摩擦してもいい」

甘ったれたことを言ったが、優しく微笑まれる。

「私と一緒なら？　もちろん、ご一緒しますよ。でも私より、年の近い子のほうが」

「ううん、知らない人は嫌だ」

気弱な話し方をするくせに、きっぱりと言ってのけた。

「さっき行水で裸を見られたから、青磁さまなら、乾布摩擦も恥ずかしくない」

そう言うと青磁は、嬉しそうに目を細めた。なぜか恥ずかしくなる。

くすぐったいし、女の子みたいで恥ずかしい。でも。胸があったかい。

「では、そろそろ寝ましょう」

お互いカップが空になったところで言われ、頷いた。厨房を出て、また暗い廊下を歩くが、手をつないでいるし温かいお茶のお陰で、ぽかぽかだ。

彼の部屋の大きな寝台で一緒に入ると、すごく気持ちが落ち着いた。廊下にうずくまって、月灯り（つきあか）を見ていたのが嘘（うそ）のようだ。

青磁の匂いは、すごく落ち着く。新緑の香りに似ているせいだろうか。

広い寝床なのに、二人でくっついて寝た。子供は体温が高いから、暖が取れると言っていたけれど、青磁はとても温かい。

（こうやって寝ていれば、嫌な夢は見ない）

安心して青磁の胸の中に潜り込む。

彼は白澄の背中を、優しく抱きしめてくれていた。

□□□

話は綺麗なところで終わらなかった。

目覚めると早朝から、乾布摩擦が待っていたからだ。青磁の本気は揺らがない。伯爵家のご嫡男が、乾布摩擦。

「では浴衣のまま、サンルームに行きましょう」

さんるーむ。なにそれ、なんの食べ物？

ぽかんとしていると、丁寧に説明をされる。サンルームとは、硝子窓が大きい部屋のことで、室内で日光浴ができるという。

「室内で……、日光浴？」

理解できない言葉だ。なぜ部屋の中で日に当たる必要があるのだろう。

外へ行けば、嫌でも日に当たる。そもそも日光に当たりすぎたら、皮膚が赤くなりヒリヒリするのに。

「わからない。なぜ部屋を作ってまで、日に当たるの？　日焼けしたいの？」

そう言うと笑われた。

「外は寒かったり暑かったりするから、室内で快適に日に当たりたい発想です」

「そんなに日に当たりたいなら、田植えでもすればいいのに」

「やんごとなき方々や、ご年配の方。それに身体の弱い人は、そうもいきません」

にこやかに説明されたが、また頭を抱えたくなる。日に当たることに、快適も不快もあるのだろうか。わからない。

日光浴の概念がない、労働階級ならではの疑問だ。

「白澄は虚弱だと、次郎さんが心配していたでしょう。そういう子はね、外で日の光を浴びたり風に当たったりすると、具合が悪くなるでしょう？」

言われてみて、確かに自分も日に弱い。当たっていると、すぐに血の気が下がるし、立っていられなくなる。

（青磁さまは、……ぼくを心配してくれるんだ）

自分の身体を、思いやってくれる。そんな気遣いをされたのは、初めてだ。

父の理人でさえ、すぐに息を切らす白澄に、軟弱だと言った。ほかの大人たちは、もっと悪意がある言い方で、出来損ないと言った。

労働力にならない子供は、邪魔もの扱いされる。

それなのに青磁は寒くないようにと、気遣ってくれる。握り飯を食べる時だって、お店に案内してくれた。

それと好きな時に食べられるようにと、くれたキャラメル。

夢のようにおいしい、茶色の塊。口に入れると幸せで、心がふわふわした。

優しい。どうしてこんなに、優しいの。

ぽーっとしていると、また気遣いを見せられる。

「ですから暖かい部屋で身体を馴らし、徐々に外へ出ることに、慣れましょう」

穏やかに言われて、また頬が赤くなる。この人と話をしていると、調子が狂う。

「青磁さまは軍隊でも、こんなに優しいの？」

思わず訊いてみる。すると、にっこり微笑まれた。

「まさか」

優しい笑顔で、はっきりと言う。

「軍隊に入隊しておきながら、まともに動けない兵は、水をかけます」

「み」

ぴっと凍りつく白澄に、青磁はあくまで優しい。

「もちろん、そんなことは兵にしかしません。白澄さんには無関係の話です」

声が穏やかだが、だからこそ怖さも感じられた。

でも、彼は今まで白澄の周りにいた大人たちとは、ぜんぜん違う。

(今まで身体が弱いと、誰もが馬鹿にした。それが当たり前だった)

野山を駆けられない。学校に通う体力がない。畑も耕せず、重い荷物も持てない弱者は、負け犬と同じだった。

だけど青磁はそう見ていない。

暖かい部屋を教えてくれ、そこで馴らそうと言ってくれる。無理をしないでと、そう声をかけてくれる。

優しい。すごく優しい。

こんな人が、この世にいるんだ。

その後、初めて入るサンルームの明るさに驚いた。一面の硝子窓から、日差しが眩しく入る部屋の中は、明るく暖かい。

自分が育った家は、昼間なのに昏く、すきま風が入る家屋だった。しょっちゅう虫やネズミが出るので、怯えていたのを思い出す。

「どうしましたか？」

黙り込んでしまったので、怪訝に思ったらしい青磁に訊かれた。

「すごく綺麗なお屋敷だから、夢みたいだなって」

「夢ではありません。これからは、きみの家です」

とんでもないことを言われ、慌ててかぶりを振った。

確かに白澄の現状は悲惨の一言だ。両親を相次いで亡くし、大好きだった祖父と別れ、住む家も失った。だから。同情しているのか。

――――でも、彼はなぜ、自分哀れんでくれるのだろう。

こんな豪華で贅沢な場に、白澄は似合わない。相応しいのは安堂夫妻や、青磁や喜和子のような人たちだ。自分ではない。

特に青磁は西洋の館にいると、まさに貴公子だ。見惚れてしまう。

そんな白澄の気持ちなど知らぬ彼は、説明を始めた。

「では、乾布摩擦に移りましょう。昔のように、裸になって外でやる必要はありません。浴衣や薄い洋服の上から、手拭いで優しく擦ってください」

「優しく？」

「きつく擦るのではなく、気持ちがいいぐらいの強さで行います」

「前に聞いたやり方と違う」

「それは鍛錬でしょう。乾布摩擦の目的は、皮膚の鍛錬ではなく、血行を促すこと。痛くないぐらいの、優しい力加減でいいですよ」

「そうなんだ……」

祖父と住んでいた時、ひ弱な白澄に苛立ったのか、乾布摩擦を強要してきた。それには辟易したことを思い出す。

冬でも寒い庭で行えと言われ従ったが、寒いし痛いしで、乾布摩擦はやめた。

青磁はぜんぜん違う。かんぷ摩擦も優しく擦ると、ぽかぽかして気持ちがいい。

彼はいつも、白澄のことを考えてくれている。嫌なことは、何ひとつしない。

いつも優しい青磁を、どんどん信頼している自分がいた。

かつて自分の父が青磁を敬愛していたように、頼りにしたいと思った。

そう考えただけで胸が温かく、ほわほわする。

「……あったかい」

ポッツと呟くと、彼は安心したようだ。

「それはよかったです。これからは朝晩の着替えの時に、心地がいいと思う範囲で、やってみるといいですよ。ただし、無理をしないようにしてください」

青磁の言葉に深く頷いたが、疑問も残る。

「軍隊でも、かんぷ摩擦をするんだ？」

「そうですね。ただ、健康のためではありません」

引っかかる言い方に、首を傾げる。すると、とても冷静な声で言われた。

「軍では心身を鍛えるために、乾布摩擦を行います。強く強く、皮膚が赤くなるまで擦り続けることが、重要となるのです」

「えええええ」

「そして風呂に入ると、阿鼻叫喚となります」

たった今、白澄に無理をするなと言った口が、空恐ろしいことを告げた。

「なんのための阿鼻叫喚……？」

恐る恐る聞いてみる。すると。

「兵隊は苦しみに耐え、鍛錬することが生業（なりわい）。鉄は熱いうちに打つものです」

「で、でも赤く腫れているのに、お風呂に入ったら痛いよね」

「もちろん、大の男どもの悲鳴が響き渡りますよ。さながら地獄絵図です」

血の気が引く痛い話だ。じっさい真っ青になっていた。そんな白澄に向かって、青磁は爽やかな笑顔を浮かべている。

「どうしましたか。顔が真っ青です」

「……兵隊さんって、大変なんだなって……」

「大変ではありません。我々は日本国を守るために、鍛錬を欠かさないだけです」

地獄絵図は、鍛錬なのか。

だが、その疑問を口にすることはできなかった。なぜならば目の前の将校は、とても優しい顔で、自分を見ていたのだから。

「馬は好きですか」

唐突な質問をされて、答えに窮した。

馬なんて農耕馬しか知らない。でも可愛いと思っていると、ある日とつぜん潰され、食用にされることもある。だから、あまり情をかけないようにしていた。

「う、馬……を、食べるってこと?」

そう言ったとたん、ぷっと噴き出されてしまった。

「いいえ。私の大切な友人を、きみに紹介したいんです」

動きやすい服に着替えてくださいと言われ、自室に戻った。そして渡された青磁の子供時代の服を着させてもらう。

自分が着てきた古い着物は、女中に処分されていたからだ。

青磁は草履でなく、靴を履いてきてくださいと言っていた。やはりお下がりの靴を借りる。鏡に映る白澄は、上流階級の子息に見えるハイカラぶりだった。

「支度できましたか。では行きましょう」

部屋に顔を出した青磁は、白いシャツにズボンといった洋装だ。

背が高く肩幅もある体型だから、軍服やシャツが似合っている。

「洋装がとてもお似合いだけど、青磁さまは軍服が、いちばん格好いい」

何気なく言ったつもりだが、何も返ってこない。

そのとたんヒヤッとした。

(ぼく、調子に乗って軍服が格好いいなんて言っちゃったけど、これって軍人さんにとってみれば、侮辱なのかな。そうだ、軍曹だったお父さんより、ずっと階級が上の軍人さんだから、やっぱり不敬ってこと? えーっ、えーっ、ど、どうしよう)

恐々と青磁を見ると、表情は変わっていない。

（これって、怒ってな……、い？　怒ってるじゃなくて、えーと）

「あ、あの、青磁さま」

――照れている？

白澄の戸惑いに気づいたのか、彼はふいっと顔を反らして歩き出してしまった。

そのうなじが、ほんのりと赤いことに気がついた。

（照れてる。照れているんだ……！）

スタスタと早足で先に行かれたので、慌てて追いかける。

（陸軍大尉で伯爵家の人なのに、ぼくなんかの一言で、耳が赤くなっている）

なんだか、うきうきした。こんなことって、あるんだなぁ。

いきなり彼に対して、親近感が湧いてくるのが不思議だ。ぜんぜん別世界の人だと思っていたのに。すごく、すごく不思議。

彼は屋敷を出ると中庭をどんどん歩いていき、小屋の前に到着する。

「こちらです」

案内されて中に入ると、驚いたことに馬が何頭もつながれていた。ここは厩舎（きゅうしゃ）だ。

「これが私の親友たちです」

親友が、馬。

呆気にとられたが、青磁は澄まし顔だ。

「紹介しますね。その黒毛の子が、大夫黒。隣の白馬が青海波。ともに義経公の愛馬から、名をいただきました」

馬が家の敷地の中にいる。意味がわからない。これだけ広い敷地なら馬も飼えるだろうが、馬というものは、一般家庭で飼うものなのか。

馬たちは初めて見る白澄に、興味津々だ。青海波は首を伸ばして、べろりと頭を舐めた。思わず大きな声が出てしまう。

「ひゃーっ」

青磁はその様子を見て、快活に笑った。

「彼はきみを気に入ったようです。普段は行儀のいい子なんですよ」

「き、気に入ったたって、……コレが？」

なおもベロリベロリと頭を舐めるので、慌てて青磁の背中に回り込んだ。さすがに主人の後ろに隠れられたら、もう手が出せないらしい。おとなしく飼葉を食みだした。

ちなみに大夫黒はおとなしい。馬にも性格が出る、いい例だ。

「青海波は、悪戯っ子なんです。すみません」

素直に謝られて、拍子抜けしてしまった。

（ちょっと、おっかない時もある。でもやっぱり、いい人だ）

動物と友達だなんて臆面もなく言ってのける人を、嫌いじゃなかった。むしろ好きだ。
微笑みながら意地悪をする人を知っている。比べたら、すごく愛(いと)おしい。
気持ちが彼に傾倒しているのを、白澄は気づいた。
そしてこの気持ちが、もっと違うものになると、予感があった。
甘い蜜も苦い毒も、きっと飲み干してしまう未来は、すぐそこに来ていた。

5

白澄が安堂伯爵邸に来て早、五年目の春が来た。

その五年の間に、青磁は軍で偉くなり、白澄と喜和子は進級した。

体力に無理がない通学を条件に、華族の子弟が通う高等学校にも進学できた。学校は華族以外にも、恵まれた家庭の子供たちが通っている。

男子組と女子組に分かれていて、同じ敷地内に別々の校舎があった。男子たちは女子たちの姿が見たいと言いながらも、良家の子息らしく品がいい。

(女子組には、喜和子さんも通っているんだよね……)

天花寺喜和子はあいかわらず、青磁が土日に帰宅すると、必ず安堂邸へやってきては、可愛らしい笑顔を振りまく。

そして必ず「喜和子はお兄さまの、お嫁さんになりたいの」と甘い声を出した。

日南子は愛らしい美少女の喜和子が、大のお気に入り。青磁さんと一緒になったら、毎日が楽しいわねぇと呑気(のんき)なことを言っている。

　それを聞いて喜色満面の彼女は、地道に白澄を苛め続けた。

　青磁不在の安堂夫妻と三人で迎えた夕食に、なぜか喜和子が同席している。

　きちんとしたマナーで食事する彼女と違って、白澄は箸を使った。ゆっくり食べなさいと伯爵が言ってくれたので、甘えることにしたのだ。

　しかし、喜和子は許さない。ちまちま食べている様子を見て、目を光らせていた。

　夕食が終わると、夫妻は食後酒を楽しむため、食堂を後にする。残された白澄は、まだまだ食事が終わらない。

　安堂家に来た当初は、祖父との質素すぎる生活で胃が小さくなったのと、虚弱で、いっぺんに食べられないため食事が遅かった。

　安堂夫妻は理解してくれて、ゆっくり食べなさいと、自由にしてくれた。だが、今は別の理由がある。喜和子だ。

　食事が終わるまで一緒に待っていると、白澄はますます萎縮する。それがわかっているから、夫妻は隣の部屋に行ってくれるのだ。

　しかし、喜和子は理解しなかった。

「男の方なのに、どうして食べる量が少ないの」

　その言葉に、来た来たと身を竦めるが、少しだけ彼女に慣れてきた。

「洋食のマナーを覚えている？　いつまでも箸なんて、時代遅れだわ」

小さな疑問をネチネチとくり返すのが、彼女の手法。軽いストレスだったが、波風を立てたくない一心で、ひたすら聞こえない振りをする。

「握り箸」

ビシッと指摘されて硬直する。そろそろ胃がキューッと硬くなる。

（こうなると、もう食べられないいんだよね……）

もともと食が細いこともあり、すぐ気持ちが悪くなる。今日も食べられない。

しょんぼりして箸を置こうとした瞬間、扉が開いた。

「お兄さま！」

とたんに喜和子が華やいだ声を上げる。それもそのはず、今日は帰る予定がなかった青磁が、立っていたからだ。

彼は軍服のまま、食堂へと入ってくる。

「おや。喜和子は毎日、当家で夕飯かい」

「ひどいわ、お兄さまったら。今夜は、おばさまにご招待いただいたのよ」

「先ほど帰宅の挨拶をしに行った時、何もおっしゃっていなかったよ」

「意地悪！」

青磁は部屋に入ると大きな歩幅でこちらに近づき、隣に座った。

「ただいま、白澄」

凜々しい美貌に、禁欲的な軍服姿。見慣れているはずなのに、ドキドキする。

「お兄さま少佐になられて、ますますご立派だわ」

「ありがとう」

青磁はこの五年の間、順調に昇進した。今や帝国陸軍、第三師団少佐。

異例とも言える出世の早さだと言われ、伯爵も日南子も大喜びだ。

（少佐だって。すごいなぁ。お父さんは軍曹だったから、ずっとずっと下の階級。軍曹から権曹長、曹長、少尉、中尉、大尉。最初に会った時の青磁さまがこれで、それから少佐。すごく出世が早い。お父さんと差がありすぎる）

そういえば自分も、まだお祝いを言っていないと気づき。慌てて頭を下げる。

「青磁さま、おめでとうございます」

「ありがとう。今までは何かと忙しくて、ろくに家にも帰れなかった。今日は出張があったおかげで、直帰できました」

上官ともなれば兵舎に泊まらず、帰宅することも自由だ。

「これまでよりも、自由が利きます」

そこまで話をしながら、テーブルに並んだ皿を見た。

「白澄は、また食べられませんか」

恥ずかしくて真っ赤になると、喜和子がすかさず言い放った。

「お兄さま、白澄さんを鍛えてあげて。わたくしよりも目方が少ない上に、食べる量も小鳥みたい。食事のマナーも不十分。これではほかの方に笑われてしまうわ」

主に当の喜和子が笑うと白澄は知っていたが、あえて目を伏せた。うっかり愚痴ろうものなら、後でネチネチいたぶられるのは、わかっているからだ。だが。

「彼は体質に合わせ、ゆっくり食べなくてはならない。医者にもそう言われている」

さりげなく青磁が庇ってくれる。そう思っただけで、胸が締めつけられた。

彼は執事を呼ぶと、すぐさまやってきた香野に食事を頼んだ。

「ひもじくて死にそうだ。夕飯は残っているかい」

「はい。白澄さまと同じ食材で、ご用意できます」

ほとんど手つかずの皿を見た青磁は、頷いた。

「では私の分と、ついでに白澄の皿を、温め直してくれないか」

「かしこまりました」

そんなのいい、と言う前に皿は下げられてしまった。

「一緒に温かいものを食べましょう」

彼にそう微笑まれて、緊張がほぐれる。彼の細やかな気遣いは、いつも嬉しい。

「お兄さまは、いつもそうやって、白澄さんを甘やかしているの？」

「喜和子」

「だって白澄さんは、男の方よ」

なおも言いつのった少女を、青磁は穏やかな目で見つめた。

「喜和子が大好きな犬にも、大きい子と小さい子がいるだろう？」

「いるわ」

「大きい犬は力強いから気をつけないと、引っ張られてしまうこともある。しかしいざという時は、我々を助けてくれる逞しく頼もしい存在だ。小さい犬は、か弱い。だけどご婦人方には、ちょうどいい愛らしさだ」

「そりゃまぁ……」

「大きい子は人懐っこいし、愛嬌もある。何より誠実で、主人のために命がけで働いてくれる。小さい子は愛くるしいし、無邪気で天真爛漫。要は適材適所だ」

納得がいかない少女に、青磁は言い聞かせた。

「白澄さんの食が細くて気が弱いのも、適材適所？」

「適性があるという話だよ。誰もが逞しく力強いわけではないし、可愛い存在でもない。喜和子が大好きな歌舞伎だって、女形の役者は美しく、たおやかだろう」

「……そうね」

そこまで言われて、ようやく納得がいったみたいだ。

「でも、すぐに具合が悪くなって、外でしゃがみ込む女形はいないと思うわ」

　これには青磁も驚いたようだ。それを見ていると、自分の顔が青ざめていく。

「白澄、きみは外で、しゃがみ込んでしまうのですか？」

「そ、そんなの、たまに、……だもん」

　話の途中で香野が女中とともに部屋に入って、青磁の前に箸を置いた。そして皿を並べていく。喜和子が驚いた声を上げた。

「どうしてお箸なの？　お兄さまのテーブルマナーは完璧なのに」

「疲れている時は、箸が一番かな。本当にくたびれた時は、匙（さじ）になるけどね」

「匙？」

「戦地では、匙を使う者も少なくない。箸も持てないぐらい、疲弊するからだ」

「じゃあ、父も匙を使っていたの？」

　白澄がそう言うと青磁は少し考え、どうだったかなと溜息をつく。

　とても疲れた吐息に聞こえ、問いかけたことを後悔した。

「思い出した。理人は手づかみで食べていたそうです。青島（チンタオ）でのことです」

「手づかみ？」

「野営していた時、皆、疲れすぎていました。だから箸や匙も、使えなかった。聞いたわけでないが、そう思います。……本当に、疲れていた」

　それだけ言うと、彼は食事を始めた。魚のムニエルを口に運び、溜息をつく。

「うまいですね。自分の家で家族と食べる飯は、本当にうまい」

白澄はなんだか切なくなったけれど、自分なんかが同意してはいけないと思った。

戦地に行ったことのない人間が、軽々しく同意できる話ではない。

「うん。青磁さまの言う通り、すごくおいしい。魚が、こんな料理になるなんて、びっくり。このお屋敷に来て、初めて知った」

「白澄は、魚を食べるのが上手ですね」

西洋式のマナーは執事が丁寧に教えてくれていたが、緊張して食べた気になれない。だから、普通に箸を使って食べた。

「うん、魚はおいしいから好き。この家の料理は、なんでも好き」

「それはよかった」

青磁が悲しげに微笑む。

あ、まただ。

青磁は白澄と話をするふとした時、言いしれない悲しみを湛えているようだ。

どうしてそれほど気を遣うのか。華族で、帝国陸軍少佐で、誰よりも凜々しく、優しく、男らしい人が、何も持たない自分を気遣うのか。

これ以上、切ない瞳の青磁を見ていられなくて、必死で話題を変えようとした。

「青磁さま、ぼくね、学校を卒業したら、軍隊に入りたいと思ってるの」

無理すぎる話題の転換に、二人の顔が「は？」となっていく。

「藪から棒にどうしました？　それに、なぜ軍隊に入りたいのですか。過酷ですよ」

「ずっと前から、考えていたんだ。軍隊に入れば逞しくなるし、青磁さまのそばに、ずっと一緒にいられるもん」

そうだ。軍隊に入って鍛えられたら、青磁に相応しい男になれる。

壮大な夢を語ったが、目の前にいる二人の反応はない。

「父のように、青磁さまのそばで働きたい。有事の際は、ぼくが盾になり、青磁さんをお守りするね。ずっと、そう決めていた」

喜んでくれるかと青磁の顔を見上げると彼は、真顔で言った。

「無理です」

「ええ……っ」

「そもそも、軍隊に入って逞しくなるという発想が、間違っています。入営すると二等兵となり、半年の選考を経て一等兵になります。だが白澄は、まずここで落とされる。騎兵も、体格的に向きません」

若者の夢を打ち砕く、剝き出しの真実。現場の人間が言うのだ。間違いない。

絶望しきった白澄の目に入らなかったが、二人の様子がおかしかった。

喜和子は、もの言いたげな顔をしている。そして青磁は、こわばったような表情を浮かべ、しばらく無言だった。

□□□

「あ、あれ？　傘がない……」

登校時にさしていた白澄の傘が、傘立てから消えていた。

「おかしいなぁ」

下校する級友たちの誰かが、持って帰ったのだろうか。そうすると間違えた分が、一本残るはずなのに、それもない。

「香野さんに、傘をなくしたと言わなくちゃ。お気に入りだったたんだけど……」

悩んでいても、仕方がない。幸い雨はやんでいる。今日のところは帰るしかないと諦めて、校舎を出た。

校庭を横切って門まで行こうと歩いていると、目の前を歩く女学生が見えた。

喜和子だ。

いつもは、お取り巻きが何人もいる。それなのに、今日は一人だ。

そしてその手には、見慣れた白澄の傘が握られている。今日の意地悪が、これなのだと気がついた。どうやって男子組の校舎に入ったのだろう。

なるべく接触しないようにしていたが、傘は返してもらいたい。悪いのは、どう考えても人のものを隠そうとした喜和子だが、たぶん嫌みを言われるだろう。

(しょうがない。心の耳栓をして取り組もう)

悲壮な決意をしながら、話しかけることにした。

「あの、喜和子さん」

被害者で迷惑をこうむっているほうが、恐々と呼びかける。しかし。

まったくの無視であった。

「き、喜和子さん。今、帰りですか！」

声を大きくしたが、これも黙殺される。次第に腹が立ってきた。

(そもそも、ぼくの傘だし。なんで当たり前みたいに持ってんの)

めずらしく強気になり、早足で喜和子に近づいた。そして肩に手をかける。

「喜和子さん！　あの、それ、ぼくの傘で……っ」

そこで言葉が止まった。振り向いた喜和子の両目から、涙があふれていたからだ。

「――喜和子さん、どうしたの」

あまりの驚きで、呆然とした声が出る。

だが泣いている本人は、表情が変わらない。涙だけ静かに流しているのだ。

「どうしたの？　誰かに苛められたの？」

喜和子を苛めるなど、まずありえない。しかし女子学生にとって、泣くほど悲しいというのは、疎外感を覚えたり、ものを隠されたりすることだろう。

(ものを隠されているのは、ぼくなんだけど)

困っている白澄を他所に、喜和子の涙は止まらない。どうしたらいいのか思案して、取りあえず安堂家に来てもらうことにした。

(こんな状態で家に帰ったら、大騒ぎになっちゃうよ)

家の中に通すと日南子もいるし、話がしづらいかもしれない。

そこで裏庭にある、小さな東屋へと案内した。普段の彼女なら噛みついてくるところだが、おとなしくついてきたことに、驚きを隠せなかった。

(やっぱり様子がおかしい)

木造のここは屋根が長く伸びているし、ほかの人から見られにくい。白澄のお気に入りの場所だ。内向的だから、身を隠す場所を探すのがうまい。

「話すだけでも、気が楽になるかもしれないよ。どうして泣いているの?」

しばらく無言だったが、喜和子は通学鞄の中から、茶色い塊を取り出した。熊の可愛い縫いぐるみだ。

「――――ひどいね」

「美術の時間で、宝物を写生する課題があったから、これを持っていった」

彼女は途中で教師に呼ばれて、机の上に縫いぐるみを置いたまま席を外した。そして戻ってくると。

熊の縫いぐるみは、首が取れそうになっていた。

宝物だとわかっているのに、不在の間に首の糸を切る。なんとも陰湿だ。

しかし喜和子自身も白澄の傘を持っている。ということは、なんらかの手を使って白澄から傘を隠したわけだ。それを考えると、やっていることは同じかもしれない。

「その傘、ぼくのだよね。どうして喜和子さんが持っているの？」

「腹が立ったから、お前を困らせようと思って、男子組の生徒に持ってこさせた」

うひゃあーである。そこまで用意周到とは。

「ひどいねぇ」

見た目だけは美しい喜和子は、男子組の生徒にとって、憧れの対象だった。だから、こんな無茶な頼みも引き受ける奴がいるのだろう。

男子組の誰かが、彼女の言いなりになっていたのだ。

「わたくしは、この通り美しいだろう」

「……はぁ」

「綺麗な上に性格もいい。おまけに天花寺百貨店の令嬢で、名家の育ち。非の打ちどころがない。だから級友に妬(ねた)まれている。そのため、よく意地悪をされるのだ」

清々しいほど高い自己評価だが、間違ってない。妬まれるのも本当だろう。

しかし人の傘を隠すために、男子に命じるあたり、困った性格だ。

「もしかすると問題は、喜和子さんが美人だとか、お金持ちだとかじゃなくて、もっと根深いんじゃないかなー」

控えめに提案してみると、喜和子は意味がわからないと、かぶりを振る。

「もちろん犯人はわかっていたから、きっちり締め上げておいた」

「うん、そういうとこだねー」

話をしながら、熊の様子を見る。

「この熊ちゃんが、喜和子さんの宝物なんだ」

気軽な気持ちで訊いてみた。だが、答えが返ってこない。怪訝に思って彼女の顔を覗き込むと、またしても涙をあふれさせている。

いつもの勝気な喜和子とは、別人だ。

「子供の頃、姉やが作ってくれたの」

「そうなんだ。すごい、よくできてるね。職人さんみたい」

「姉やは器用で、わたくしの浴衣も、よく仕立ててくれた。この熊もそう。外国製の高価な縫いぐるみは持っていたけど、この子が、一番の宝物だ」

意外だった。百貨店の令嬢だし、高価なものしか受けつけないと思ったのに。

「そうなんだ。喜和子さんは、外国製のものが好きだとばっかり」

「もちろん好きだ。流行の先端を行くためには、外国製品が一番。でも」

ふたたび涙に濡れた睫を伏せる。

「作ってくれた姉やは、十八歳の時に仕事を辞めて、田舎に帰って嫁いだ」

奉公人の少女なら誰もが夢を見るのは、お嫁入りでの退職だろう。

「でも数年後に、お産のせいで亡くなった。産褥熱って言うそうだ」

形見だ。

思い出してしまったのか、また新たな涙があふれ出す。それは頬を伝い、上等な着物の胸元を、しっとりと濡らす。

痛ましいと思った。

確かに人の傘を隠そうとしたり、それ以前にも、いろいろ問題がある彼女だが、だからといって大切なものを痛めつけられるなど、あってはならないことだ。

白澄は彼女の手にハンカチを握らせ、立ち上がる。そして屋敷の中へ走った。次に戻ってきた時、手に籠を持っている。

それを見た喜和子は、怪訝そうな表情を浮かべた。

「大丈夫。ぼくね、こう見えても、裁縫が大の得意だから」

「は？」

白澄はためらいなく針に糸を通し、熊の首を縫いつけ始めた。

「余計なことをするな！」

喜和子は真っ青な顔で、手を伸ばす。下手に弄られたら、台無しになるからだ。

だが白澄の針仕事は巧みだった。

彼女も怒鳴るのをやめ、鮮やかな手並みに見惚れた。

「すごい、あっという間に、くっついていく。縫い目も見えない」

「念のために、二重に縫いつけておくね」

そう言いながら楽々と針を進める白澄を、喜和子は不思議そうに見つめた。

「男なのに、どうしてお裁縫ができる？」

「前に住んでいた町で、繕いものの内職をしていたんだ。洗い張りを請け負っているお店に頼んで、仕事をもらっていたんだよ。針仕事が面倒な人は、けっこういるから。誰にも会わないでできる仕事だったから、ぼくも助かったし」

今までバカにしきっていた金魚のフンが、自分の宝物をみるみる直していく。これは彼女を驚かせたようだ。

「はい、完成。お母さん、ただいまー」

おどけて熊の手を振ってから、喜和子に宝物を手渡す。熊さんご帰還だ。

その頃になると、彼女の瞳はきらきら光っている。感謝と尊敬の眼差しだった。

「あ、ありが……」

「直ってよかった。ぼくね、誰かの役に立てると嬉しいんだ」

「役に立てる？」

「うん。誰かのために働くのは、すごいことだと思うから。将来は、青磁さまのお役にも立ちたい。ぼくも軍隊に入るのは諦めたくないんだ。そうしたら、きっと役に」

そこまで話すと、喜和子の相好が変わった。

ものすごく怖い、鬼の形相をしている。

先ほどまで彼女からは、尊敬の眼差しを注がれていた。それなのに今は不愉快そうな顔で、眉間の皺がどんどん深まっていく。

「喜和子さん？」

「この前もそんなことを言って、お兄さまを困らせていたな。こんな生っちろい腕で、陸軍へ入りたいだと？」

「ぼく、お父さんも軍に入っていたし」

「軍隊は世襲制ではない。愚か者が」

とうとう喜和子は立ち上がって、鋭く睨みつけてきた。

「軍人さんは、お国のために働いてらっしゃる。お兄さまはその中でも優れた、いや、精鋭中の精鋭。それに引きかえお前の身体は、甲乙丙でいうところの丙」

「丙？」

甲、乙ときて、丙はそれより下を指す。落ち込んでいると、さらに言われた。

「いいや。丙は言いすぎだった。訂正する。お前はいちばん下の、癸だ」

「み、癸……」

甲乙丙から六つも下がって、ようやく癸。ようするに十干のビリっけつ。反論したかったが目方が少ない自覚があるので、黙るしかない。

「その細っこい身体で、傑出した方のそばで働こうとは、片腹痛い。百万年早いわ」

「でもね、青磁さまには止められたけど、やっぱり軍に入れば鍛えられると思うの」

この瞬間、喜和子の表情はあからさまに変わった。眉間が、さらに険しくなる。

「人の話をちゃんと聞け。軍隊は健康倶楽部ではない。いわば聖地だ」

「……聖地？」

「聖域とも言う。不純な気持ちで、近づいていい場所ではない」

喜和子は軍人が大好き。

その彼女の前で、授業も休み休み出席している金魚のフンが、よりにもよって聖域に入隊したいと宣ったから大変だ。

どうやら片腹痛いを通り越し、憎しみすら湧いているようだ。

もちろん、この辺になると、先ほどの感謝と尊敬は消え失せている。

「お前、お兄さまのことが好きだろう」

心臓を、撃ち抜かれた気がした。

好き。家族のように好き。友達だから好き。恩人だから好き。

そうなのだろうか。青磁に対する想いは、そんなものなのだろうか。

でもそれ以外に、好きという言葉を、言葉にできない。

「そりゃあ大恩人だし、父の上官に当たる偉い方だし」

「そういうことじゃない。お前は分不相応にも、お兄さまに恋をしているのだ」

びっくりして、言葉を失った。このお姫さまは、何を言い出すのだろう。

「こ、こいって、こいって、あの、ぼくたち男同士だよ。何それ」

もちろん恋の概念は、白澄にだってある。だけど自分と青磁との間に、あってはならない感情だとも承知していた。

「そんなの、あるわけがない。あちらは立派な伯爵家の嫡男で、ぼくは家も家族もなくて、あ、おじいちゃんはいるけど」

「たわけ。殿方同士でも恋することはある」

「そんなの、あるわけないっ。男同士でそんな」

自分でも思いがけないぐらい、大きな声で言い返してしまった。すると、喜和子は狼狽(ろうばい)する白澄に冷たく吐き捨てる。

「歌舞伎も観ない、古文も読まない、無教養な輩め。不愉快だ。帰る」

かんしゃくだ。もう、ついていけない。

そもそも傘のことがなければ、話しかけることもなかったのだ。

「喜和子さん、怒りっぽい」

「怒らせているのはお前だ。この、金魚のフンが」

令嬢とも思えぬ言葉を吐いて、喜和子は退場した。白澄はその雄々しい後ろ姿を、見守ることしかできなかった。

「あ、熊ちゃんは、ちゃんと持って帰ったね」

喜和子が去った後には、何もない。溜息をついてから厩舎に寄って、馬たちに挨拶をした。大夫黒と青海波は白澄の顔を見ると大喜びで、頭を擦りつけてくる。

「あははっ。痛いよ。んもう、可愛いなぁ」

女の子よりも、馬のほうが素直だと思う。好き嫌いがハッキリしているからだ。

「……喜和子さんだけ、特別なのかな」

しかし、そんな彼女も青磁の前に出ると、おしとやかに大変身する。それに美少女だし、どこから見ても良家の子女だ。

そんなことを考えていると、敵は密やかに近づいていた。

「おい」

「きゃあああああああああっ」

いきなり背後から声をかけられて、悲鳴が上がった。後ろにいたのは、喜和子だ。

「忘れものだ。愚か者が」

差し出されたのは、白澄の傘だった。

そういえば肝心のコレを、返してもらっていなかった。わざわざ戻って、返してくれたことに戸惑った。いい人なのか悪い人なのか、判断に困る。

(でも、愚か者とか金魚のフン呼ばわりされるのは嫌だなぁ……)

この場合、礼を言うべきか、黙って受け取るべきか。悩んでいると、笑う気配がする。

喜和子は唇の端だけ持ち上げるような、悪辣(あくらつ)な顔をしていた。

「お前が女学生みたいな情けない悲鳴を上げたこと、お兄さまに内緒にしてやる」

そう不敵に笑うと、彼女は厩舎から去った。この勝負、白澄の負けだ。

古今東西、女子のほうが男子よりも、強く逞しいのかもしれない。

6

またしても、安堂家には喜和子が来ている。

ただし、目的は青磁でも、日南子でもない。あろうことか、白澄だった。

安堂家のサンルームで植物に水をやっていると、彼女はいきなり入ってきた。

「邪魔をする」

「えええええ？」

使用人の案内もなく、屋敷の中にいる。さすがにこれには驚いた。

「喜和子さん、いつ来たの？」

「今だ。お茶はいらぬと、執事には申しつけた。遠慮するな」

ここはいったい、誰の家なのか。

また苛められそうでビクビクしていると、いきなり切り出される。

「金魚のフン、お前に訊きたいことがある」

どうやら白澄の名前は、金魚のフンで定着してしまったようだ。

「ぼくの名前は、金魚のフンじゃない。文月白澄だ」

できる限り威厳を持って、凜々しく言った。だが、喜和子はそれを軽く無視する。

「知っている。それより金魚のフン。お前は本当にお兄さまを、好いているのか」

彼女は、眉ひとつ動かさずに言った。かたや白澄は、抉るような質問に絶句する。

「誤解するな。わたくしは倒錯の世界に、造詣が深い」

「と、とうさく？」

「性的パラフィリアの意味もある。この場合、男性同士の恋愛だ」

いきなりの言葉に、呆気にとられた。男性同士の恋愛とはなんなのだ。

「ぼくはそんな、変な病気じゃない」

「愚か者。倒錯は病気ではない。性的な嗜好だ」

難しくて理解できない。自分がそんな、変な病だと思いたくなかった。

「……よくわからない。それで、訊きたいことって？」

話を切り上げたくて、ぶっきらぼうに言った。すると。

「お前は、お兄さまに想いを告げたのか」

「は？」

「だから、お前の乙女心を、告白したのかと、訊いているのだ」

区切るように、くり返される。何も言えなくて、次には笑い出しそうになった。青磁に対する気持ちが、恋。それは、あまりに突飛な発想だ。

　確かに彼は格好いい。男同士でも憧れる。素敵な人だ。

　だけど、それと恋心は違う。

「告白なんか、するわけない」

「そう断言する、理由はなんだ」

　真顔で訊き返されて、口ごもった。このお嬢さまは、何もわかっていない。

「男同士で好きとか告白とか、考えるわけないよっ」

「無知とは恐ろしい。人を愛するのに、性別が問題になるのか？」

「当たり前のこと、言わないで！」

「お兄さまを好きと認めないことが、当たり前なのか？」

「ぼくと青磁さまは男同士なの！　好きとか嫌いとか、あるわけないの！」

「そうなのか」

　調子が狂う。まぜっかえされるみたいで、混乱する。

　白澄は今までになかった、言いようのない苛立ちを覚えた。

「き、喜和子さんにとってみれば、面白おかしい話だろうけど、ぼくは青磁さまを敬愛している。命の恩人にも等しいし、感謝している大恩人なんだよ」

　一気にそう言うと、喜和子は形のいい眉をひそめる。

「誰が面白おかしいと言った」

「え」

「人が人を好き合っていることを、面白いという奴は下衆だ」

「喜和子さん……」

「わたくしは性格が悪いので、本当の友達はおらん。だが人さまの恋情を、面白いと思ったことは一度もない」

きっぱりと言われて、拍子抜けした。

いつもの彼女なら、大騒ぎすると思ったけれど、そうではないようだ。

「……ごめんなさい」

白澄の唇から洩れたのは、謝罪の言葉だ。その様子を見て、彼女は肩を竦める。

「今まで青磁さまに対して感謝の念しかなかったのに、ぼく、最近おかしいんだ」

そう言うと、喜和子は何か思い悩むような顔をした。

「恋という字と、変という字は似ている。だから、おかしくても仕方がない」

こちらも、囁くように答える。

「お前はお兄さまと、もっと近づきたいと思わないものか？」

「近づく？」

「好きになってもらい、触れ合ったり、愛を確認し合ったりしたくないのか」

「愛を確認って、……なにそれ」

訊き返してばかりで情けないと思ったが、それでも耳を傾けた。すると喜和子は存外に真面目な顔で、白澄の耳元に唇を寄せる。

「接吻(せっぷん)だ」

「せっぷん?」

子供の頃は祖父と二人で、隔離されたみたいな生活だったが、今は違う。学校に通えば級友ができ、そして要らぬ知識も授けてくれるのだ。

接吻とは、あれだ。男女が唇を寄せ合い、唇を、――――唇を。

「そ、それぐらい、しししし知っている!」

「威張るな。愚か者が」

彼女は白澄の反論を一蹴しながら、大真面目な顔をしてみせた。

「好き合う者たちは、男女も男子同士も女子同士だって、唇と唇をつけ合うのだ」

どんな秘め事が披露されるかと思っていたのに、唇をふれあうとは何事だ。

「そんなの、嫌(や)だ。気持ち悪い」

「気持ち悪い?」

「人と唇をくっつけるなんて、そんなの異常だ」

子供の発言だ。喜和子も呆(あき)れ顔を隠さない。

「何を言うか。接吻は欧米において、ごく当然の愛情表現だ」

「ここは日本だもん！」

「だもん？　気色の悪い語尾をつけるな。接吻は異常ではない。正常な愛情表現だ。それに、そこらの男と接吻しろと言っているわけではない。相手は、お兄さまだ」

この話を聞いて、白澄は真っ青だ。

思い描いたのは真っ先に、青磁の姿。彼に触れるなんて、とんでもない話だ。あの端整な顔が、自分に近づく。そして、触れる。唇と、唇が。

「ありえない。青磁さまを、侮辱しないで」

「はぁ？」

きょとんとした喜和子の顔が目に入らないように、一気にまくしたてる。

「青磁さまは尊いんだ！　清らかで美しい人を侮辱したら、ぜったい許さないっ！」

「お前は骨の髄まで愚かなのか？」

「愚かじゃないっ」

「いいや、愚かだ。今の話の流れで、どこをどう取ったら侮辱になる。それに忘れているようだが、お前よりお兄さまとのつき合いが長いのは、このわたくしだ。言うなればお前など、お邪魔虫だ」

キレのいい罵りにとうとう耐えきれなくなり、白澄はサンルームを飛び出した。

後に残されたのは、美少女ひとり。

「愚か者の金魚のフンが」

この低い罵りは、白澄の耳に届くことはなかった。

□□□

当の白澄はサンルームを飛び出したのはいいが、自分の部屋に戻る気にもなれず、青磁の部屋を訪れた。

彼には不在の時でも、自由に出入りしていいとお許しを貰っている。たまに訪れては、書棚の本を眺めたりしていた。

室内は、まだ昼間なのに薄暗い。それが落ち着いた。

サンルームの明るさも好きだが、こんなふうに陰影に満ちた部屋も好ましい。そして何より好きなのは、青磁の大きな寝台だ。

すごくしっかりして、とても大きい。白澄なら、四人ぐらいは余裕で寝られる。

「青磁さまは背が高いから、これぐらいの寝台でなきゃ……」

ベッドカバーも剝がさず上に寝っ転がり、深く息を吸い込んだ。

石鹸の香りに混じって、ちょっと独特な匂いもする。森の香りに似たそれは、清涼感と、麻薬みたいな感じだ。ドキドキする。

（麻薬なんて、嗅いだことはないけど）

自分でもおかしい。どうして、そんな言葉が浮かんだのか。

心の奥底で青磁のことを、怪しい薬だと思っているのか。

わからないけど、青磁の匂いは好き。とても落ち着く。さっきまでドキドキしたり、ちょっと苛ついたのが嘘みたいだって。

やっぱり、この匂い好き。でも、鼓動が速くなるのは、なぜだろう。

「喜和子さんが変なことを言うから、いけないんだ……」

不満がいつの間にか、唇から零れ落ちて闇に融ける。――はずだった。しかし。

「喜和子はどんな変を、きみに言いましたか」

「えっとね、青磁さまと愛の確認をしたかって」

そこまで呟いて、一気に目が醒める。とろりと落ちかかっていた瞼がぱっちりと開き、そこにいる人を認めた。

「青磁さまっ⁉」

「はい、ただいま戻りました」

この時間は、軍にいるはずなのに。どうして家の中に彼がいるのか。夢かと思ったが、あまりにも現実的すぎる。

「帰ってくるのは、週末だけだと思ってた」

「上官扱いなので、帰宅は許されていると言いましたよね。ただ、仕事が多くて帰るのが億劫だから、週末だけ戻っているんです」

そんなことも忘れていた自分は、間抜けなのかと思う。

「そうなんだ……。あ、じゃあ、お邪魔しました」

「急にどうしたんですか」

「疲れて帰ってきたのに、ぼくがいたら邪魔だもん」

「まさか。好きなだけ、いていいですよ。私も着替えますし」

軍服のままだったと気がついた。初めて会った時から見慣れている服装だ。

「青磁さまって背が高くて、やっぱり軍服が似合うよね。ぼくも大人になったら、似合うようになるかな」

「そのためには、できるだけ食べ、ちゃんと睡眠をとり、適宜な運動ですね」

「はぁい」

藪蛇だと笑いがこみ上げる。やはり彼は大人なのだ。

「さっきね、喜和子さまと口喧嘩しちゃった」

「喜和子はまた来ているのか。あの子は、ここを自分の家だと思っているらしい」

おかしそうに笑い、襟元の釦を外した。いつもは襟に隠れている喉元が見えて、ドキッとする。そして同時に、先ほどの言葉がよみがえった。

『お前はお兄さまと、もっと近づきたいと思わないものか？』

喜和子の声がよみがえる。白澄は慌ててかぶりを振った。

別に無理な近づき方をしなくてもいい。青磁はいつだって優しいし、自分のことを大事にしてくれている。

『お前は、お兄さまに想いを告げたのか』

自分の想いって、なんだろう。

青磁が好き。大好き。でもこれを告白して、その先はなんだ？

その先は、――――接吻？

「あのね、喜和子さんが接吻のことを、教えてくれてね」

青磁は困ったように肩を竦めた。

「まったく、あの子は……。うちの大事なお姫さまに、何を言っているんだ」

「お姫さま？」

「外国の童話にあるでしょう。お城の中で王子さまに、大事にされる象徴ですよ」

「あ、喜和子さまが見せてくれたやつだ。王子さまとお姫さまは、いつまでも仲良く、幸福に暮らしましたっていう……」

いつまでも幸福に。

いくら童話でも、そんなことがあるのだろうか。

「白澄？」

黙り込んでしまったのを不審に思ったのか、青磁が顔を覗き込んでくる。

「ぼくは、接吻なんて嫌だって言ったの。人と唇をつけ合うなんて気持ち悪いって」

「まぁ、そうですね」

可笑(おか)しそうに笑う彼の唇は、とても綺麗だと思った。

『それに、そこらの男と接吻しろと言っているわけではない。相手はお兄さまだ』

目の前の唇が気持ち悪いなんて、思うわけがない。

「喜和子さんは、接吻は異常な行動ではない。正常な愛情表現だって言った」

「そうですね。日本人は他人と距離を測りますが、外国人は逆ですし」

「せ、接吻は欧米において、ごく当然の愛情表現だって言ってた。本当なの？」

「あとで喜和子を、きつく叱っておきましょう。人それぞれのことだし、常識ではありません。きみはそんな話に振り回されなくていいですよ」

「そうじゃなくて、……なくて」

ホッとした気持ちと、肩透かしをくらったような感情が、綯(な)い交(ま)ぜになった。やはり青磁は尊くて、清らかで美しい。

でも清廉な人は、接吻とかしないのだろうか。

「青磁さまは、接吻したこと、ある？」

区切るようにして問うと、苦笑された。子供の問いに苦笑する、大人の笑みだ。

「ありますよ」

「え」

頭を殴られたみたいな衝撃だった。

青磁が。誰よりも清廉で、まっすぐで、清潔な人が、――――接吻。

「……誰と？」

「白澄さんの知らない方です」

「女の人？　男の人？」

「女性です」

「いつ？　どこで？　どうやって？　何回？」

「それは内緒。もういいでしょう？」

足元がサラサラの砂でできたみたいだ。立っているのに、掬われていく。

「この話はこれで、おしまい。喜和子に限らず、女性は大人びているんです。男なんか、
太刀打ちできるわけがない」

「……も、したい」

「え？」

「ぼくも、接吻、してみ、たい……」

ほかの誰でもない、あなたと、くちづけしたい。

そう切望したかったが、青磁に笑い飛ばされてしまう。

「まだ白澄には早いですよ」

「早くない。だって、ぼく十七歳だよ。け、結婚だってできるもん」

明治三十五年に施行された民法には、戸主の同意があれば、十七歳以上の男子、十五歳以上の女子は、結婚が認められていた。

「まだ子供なのに、もう結婚したいですか」

「結婚じゃなくて、接吻したい」

泣きそうな声で訴えると、微かな舌打ちが聞こえた。

え？　と思って顔を上げると、今まで見たことのない表情の青磁が見おろしている。

「きみは大人をあおると、どのような結果になるか、わかりますか」

「あ、あおるって、ぼくはそんな」

「大火傷(やけど)をします。私も、きみも」

触れられただけで、身体が竦んだ。

怖い。怖くない。怖い。怖くない。……怖い。

ほんの数秒前まで、挑発的なことを言っていたのに。ふれあうと、怯えて竦む。

――――自分は、どうしてしまったのだろう。

縋る思いで見上げると、まっすぐに見つめられた。漆黒というより、灰褐色だ。

日南子がつけていた、簪の色に似た、不思議な輝きだと思った。

その時、額に温かいものが触れた。青磁の唇だ。

「え……」

「接吻の一種です。もうこれで、勘弁してください」

違う。これは違う。

接吻とは、唇と唇のふれあいだ。

呆然としていると彼は身体を離した。

「接吻は、本当に好きな女性としないと駄目ですよ」

違う。違う。違う。

だから、だから、だから、だから、あなたと接吻したいのに。

人と唇を合わせるなんて気持ち悪いことも、青磁とならできると思ったのに。

「さぁ、お遊びは、もうおしまい。着替えますよ」

そう言うと彼は立ち上がり、背を向けて上着を脱ぎ始めた。

ひとり取り残された白澄は、何も言えない。言葉なんか見つからない。

気がつくと視界が歪んでいる。不思議に思って顔を動かすと、ぱたぱたと何かが零れ落ちた。思わず顔に手を当てると、涙で濡れている。

あふれる水滴は止まらない。

恥ずかしい。

くちづけして欲しかったから、ねだった。でも軽くあしらわれて、額に触れただけ。

望んだのは、これじゃない。

着替えている青磁に気づかれないよう、そっと寝台を下り、音を立てずに部屋から出た。

廊下を歩いていると、涙が次から次へと、あふれ出る。

「う……っ、うぇ……、うぇぇ……」

自分じゃない。

青磁にとって本当に好きなのは、自分でなくほかの女性。

名前も教えてくれなかった、知らない誰か。

「白澄さま？　どうなさいました」

廊下の向こう側にいた執事が、急ぎ足でこちらに寄ってくる。

「ああ、こんなに涙が」

彼は自分のポケットからハンカチを取り出し、涙を拭ってくれた。その手が優しくて、
本当に優しくて、また涙が流れ出る。

「だ、だ、だいじょ、だいじょぶ、だいじょ……」

大丈夫、心配しないで。なんでもない。なんでもないの。

そう言いたかったのに、言葉にならない。だって。

惨めだったから。

青磁に愛されていない自分が、哀れで汚らしい蟲(むし)みたいに思えた。

「白澄さま」

いたわる声さえも、耳に届かない。

自分は蟲だ。青磁に愛されない、いらない蟲だ。

こんな厭(いや)らしい存在ならば、消えたい。誰か踏み潰して。

自分は靴の裏にこびりついた、死骸でいい。この世から消えてなくなりたい。

「う、う、う……、うぇぇぇぇぇん……っ」

とうとう大きな声が出てしまった。その声を聞きつけたのか、あちこちから女中や使用人が集まってくる。

「白澄さま、どこか痛いの？」

「泣かないで白澄さま」

「執事さん、白澄さまに何か、おっしゃったのですか」

「濡れ衣(ぎぬ)です。私が見た時にはもう、こんな状態でいらした」

皆の優しい心配が針みたいに、ちくちく刺さる。

「ち、ちが、……ちが、う」

泣いていないで、ちゃんと話をしろ。そして謝りたい気持ちでいっぱいになる。

「かわいそう。泣かないで」

自分なんかが労わられるのが、つらい。

安堂家の子じゃない。優しくされる意味なんかない。

それなのに、皆が心配してくれる。ごめんなさい。どうかもう、仕事に戻って。ぼくなんかに構わないでと言いたかった。

「あらあら白澄さん、どうなさったの？」

誰かが呼んだのだろう。奥の自室から、日南子まで出てきてしまった。それが申し訳なくて、恥ずかしくて、涙は止まることがない。

部屋にいる青磁に、この喧騒は聞こえていないようだった。

□□□

謎の号泣事件があった、数日後。

白澄が学校から帰宅し廊下を歩いていると、奥で女中たちの話し声が聞こえた。

「その話、本当なの」

「天花寺さまの小間使いから聞いた話よ。間違いないわ」

喜和子のことだろうか。ちょっと気になって、聞き耳を立ててみる。品がないことこの上ないが、みっともないのは承知の上だ。

「青磁さまと喜和子さまが、ご婚約されたなんて」

いきなり飛び込んできた一言に、動きが止まった。

（婚約）

（婚約）

（婚約）

えええええええええええ……っ！

大声が出そうになって、思わず両手で口を塞いだ。

爆弾が思いきり、頭の中に投下されたみたいだ。

冗談だろう。いや、冗談であって欲しいと祈りながら、さらに聞き耳を立てる。

「私たちの青磁さまが、とうとうほかの方のものに！」

「もともと私たちの手が届く方じゃないもの」

「高嶺の花だと承知の上で、あの凛々しいお姿に憧れていたのよ」

「喜和子さまじゃ、仕方ないわ。おつき合いのある家柄だし、資産家。おまけに、どんどん美しくなられているし」

「天花寺百貨店のお嬢さまよ。青磁さまに相応しいわ」

ひときわ大きな泣き声がした。喧々ごうごうだ。

眉目秀麗で華族の嫡男である青磁は、女中たちの憧れの君だったのだ。

彼女たちの声が、どこか違う世界の音みたいに聞こえる。

嘆いている声を聞いて、ざわざわした。

興奮した女中たちの声だと思った。だけど違う。その音は白澄の身体の中から、ざわざわと響いていた。

……血が荒れ狂うみたいな音。

どうしてこんなに、頭がぼぅっとするのかな。

どうして雲の上を歩いているみたいに、フワフワするのかな。

なんとか自室に辿り着くと、そのまま寝台に座り込む。手を広げてみると、小さく震えていた。何かが頬に触れている気がして、指でなぞった。

いつの間にか自分は涙を流していた。

自分は青磁の婚約の話を聞いて、戸惑っているのだ。

『お前、お兄さまのことが好きだろう』

その時、ふいに喜和子の声がよみがえった。

必死で打ち消そうとしたけれど、なぜ悪い冗談だと笑い飛ばせなかったのか。

『お前は分不相応にも、お兄さまに恋をしているのだ』

否定して、自分を守ろうとした。だけど彼女は白澄の心を見抜いていた。だからこそ、不愉快だと吐き捨てたのだ。

自分の気持ちも理解していなかったから。

ただの憧れだと、恋心を否定していたから。

涙は壊れた水道みたいに、いつまでも流れている。

自分はどうして、泣いているのだろう。

なぜ涙があふれているのか。びっくりしたから。驚いたから。だから。

だから、涙が止まらない。

泣くのは、おかしい。いや、おかしなことは何もない。

だって初めて青磁に逢(あ)った時、あんまり姿がいい人だったから。

軍服姿が凜々しかったから。

すごく優しくて、白澄のことをいつも気遣ってくれていたから。

キャラメルを、くれたから。

おじいちゃんの握り飯を、一緒に食べてくれたから。

一緒に寝てくれたから。

だから、いつも惹かれた。祖父と離れた時も、夜の深さに怯えていた時も、湯浴みに足が竦んでいた時も。

いつの間にか青磁に惹かれていた。

そうだ。自分は青磁が、自分は青磁が。

――――好きなんだ。

そう思った瞬間、また涙が零れだす。何かが壊れてしまったみたいだ。

「青磁さまは、ぼくにせっぷんしてくれなかった……」

呟きが唇から零れ落ちて、惨めな気持ちに拍車がかかる。

自分は喜和子とは違う。男だし、親もいないし、身体も弱い。学校に通うのが、やっとの軟弱さ。手に職もない。なんにもない。

かたや喜和子は、天花寺百貨店のお嬢さま。容姿端麗で非の打ちどころがない。性格はちょっと問題があるが、猫をかぶるのが大の得意だから、問題ない。

そして青磁は若き少佐でありながら、安堂伯爵の嫡男。未来の伯爵さま。見目うるわしく、強く、凛々しい。

そんな人に恋をして、成就するはずがない。鼻で笑われるのが、せいぜいだ。

誰も祝福してくれない。誰も認めてくれない。こんな罪と罰があるだろうか。

天から大きな岩が落ちてきたみたい。いや、それよりも地が裂けて、奈落の底へと堕ちていく気分だ。

もう自分でも、わけがわからない。さりとて誰に確認していいか、わからない。

「か、確認できるわけ、ないじゃん……」

思わず零れた呟きに、我ながら悲しくなってくる。

こんな時、いつもなら青磁に相談する。必ず最後まで話を聞いてくれ、控えめな助言をしてくれた。でも今回は、いつもと違う。

だって問題は、青磁のこと。こんな相談、できっこない。

「ううん、違う……」

思わず呟きが唇から零れ落ちる。青磁にしたいのは、確認でも相談でもない。

――告白だ。

がばっと顔を上げて、身づくろいをちゃんとした。パパパッと髪を撫でつけてから廊下を歩いていると、途中で香野とすれ違った。だが、声もかけず歩いた。

忠実な執事は何事が起ったのかと、後ろ姿を見守っている。そのことにも、気づけなかった。ひたすらに青磁の真似をして、大きな歩幅で廊下を歩く。

それほどに白澄は、追いつめられていた。

この罪に報いを。

この罰を享受せよ。

愚か者に重罪を下し、罰さなければならない。

お前は愚者だと、頭の中で誰かが笑っている。嗤っているのは、そう――。
自分だ。

7

鬱々としながら迎えた金曜。その夜、青磁が帰宅した。

帰ってはきたが、夕食は済ませたと言う彼は、入浴をして部屋に入ってしまった。

白澄には、ただいまと言ったきりだ。ものすごい肩すかしをくらった気持ちだ。

「青磁さんは、もうお休みになったのね。忙しないこと」

「彼も重大な責務を負っている。疲れているんだよ」

日南子の言葉に、伯爵はそう答えるだけだ。同じテーブルについていた白澄は、もちろん何も言えなかった。

疲れている青磁に喜和子のことを訊くのは、自分の都合。もっと思いやりを持って、せめて明日にすればいい。

でも訊きたい衝動が、抑えられない。

思いつめた白澄は、夕食後に青磁の部屋へ行った。扉を控えめにノックした。

「……はい」

低い声が答えた。とたんに後悔が押し寄せてくる。

「ご、ごめんなさい。寝てたなら、明日にする」

すぐに扉が開き、浴衣姿の青磁が顔を出す。やはり寝ていたのだ。

「どうしました?」

「寝ていたのに、ごめんなさい。ちょっとだけ話がしたくて」

「大丈夫。とにかく入って」

背中を抱かれるようにして中に入ると、やはり寝台は乱れている。それでも彼は、怒っていない。枕元の灯りをつけてくれる。

見慣れた部屋なのに、見知らぬ空間に見えた。

「顔が真っ青だ。また怖い夢を見ましたか?」

私室に迎え入れての、第一声は気遣ってくれる言葉だ。無作法な訪問なのに、青磁はいつもと同じように優しかった。

ここに来たことは、おかしいと自分でも思う。

彼が婚約しようが結婚しようが、何か言える立場ではない。

「あ、あのね」

青磁はテーブルに置いてあった魔法瓶から、熱いお茶を入れてくれる。

「はい、どうぞ。初めて飲んだ時の紅茶には程遠いけど、温まりますよ」

「それは言わないで……」

初めて安堂家に来た時。紅茶どころか、お茶の味さえわかっていない子供だった。

父親が軍隊に仕官していたから、貧しさを実感したことはなかった。だが父が戦死し、続けて母を亡くし、祖父の先物での失敗が続いて、一気にどんどん家は傾いた。

祖父と暮らしていた時は、いつも空腹だったことを思い出す。

(でも、青磁さまが助けてくれた)

とつぜん目の前に現れた彼は、瞬く間に魔法をかけた。青磁のお陰で、生活は一変した。それが、初めて飲ませてもらった紅茶だ。

紅色のお茶の、馥郁たる味わいは、今でも忘れられない。

「おいしい……」

じんわりと温かさが沁みてきて、自分が冷えていたのだと知る。

青磁に恋心を伝えたいと、気負っていたせいだろうか。

「ゆっくりしてください。疲れているのでしょう」

自分が疲れているなんて、とんでもない。一日なんの仕事もせず、読み書きの練習をしただけで、褒められるような環境なのだ。

孤児院に連れていかれそうだった自分を、掬い上げてくれたのは彼だ。

この人がいなければ、今はない。

この人がいてくれたから。だから。だから。

だから自分は生きていられたのだ。

想いを告げたところで、どうなるものでもない。

でも言わなくちゃ、ぼくは、どこにも行けない……っ。

「青磁さま、あのね、ぼく、青磁さまが好きなの」

気づいたら、言葉が転がり落ちていた。

「だから喜和子さんと、結婚してほしくない。誰とも結婚しないで。誰とも！」

言ったほうも言われたほうも、驚いたように目を見開いている。

（言っちゃった。――――言っちゃった！　ど、どどどど、どうしよう！）

自分が言ったくせに、この慌てよう。だが、本気で転げ回りたい心境だった。

告白するつもりで、この部屋の扉を叩いた。でも、本当に言ってしまうと、薄氷を踏み抜く恐怖が襲ってくる。

嫌われてしまったら、どうしよう。

二度と口をきいてくれなくなったら。そうしたら。

――――自分は、生きていられるのだろうか。

恐々と青磁を見上げると、彼はいつもの表情に戻っていた。何を考えているか、まったくわからない、物静かな面持ちだ。

だけど瞳は鈍く昏い。

不埒（ふらち）なことを口走った白澄を、牽制（けんせい）しているかのようだ。

これ以上、踏み込んではいけないというように。

（怒っているんだ）

軽はずみな告白をしてしまったと、波のように後悔が押し寄せてくる。うねりのように、恥じ入る気持ちでいっぱいになった。

「少し」

ふいに聞こえた青磁の穏やかな声に顔を上げると、彼は微妙に眉を寄せていた。

初めて見る表情だと思った。

「少し話をしましょうか」

「は、話って」

「昔話です。きみのお父さん――、文月理人のことを」

□□□

赴任した頃、文月軍曹には敵意を向けられていた。

だがそれは、当然といえば当然だった。

青磁は入隊して間もなく、大出世を果たした大尉だ。理由は、華族出身だから。叩き上げの兵士からすれば、反感を抱かれて当たり前だろう。

青磁は文月に、よく因縁をつけられたり、嫌がらせをされたりした。時には喧嘩をふっかけられることも、珍しくはなかった。

ある時、食堂で昼食を取っていると、目の前に巨体が立っている。文月軍曹だ。

「これはこれは。華族の方が、こんなむさ苦しい場所でお食事とは」

上官の食事は、下士官とは別に取る。青磁だけではなく、すべての将校たちに与えられた特権だ。

だが、文月にとって華族という特権階級が、気に障って仕方がないらしい。

「いかがですか大尉殿、下々の飯は。上流階級のあなたさまには、馬の餌のようでしょう」

「兵舎では上官、下士官ともに、食事の内容は同じと聞き及んでいる。つねに栄養ある食事を提供してくれることに感謝こそすれ、不満などあるわけがない」

それを聞いて文月は、顔を歪めた。

「雑兵どもと同じ釜の飯を食うなど、華族さまにはご負担が大きいでしょう。いっそ贅沢を極めたお宅に、逃げ帰るのはどうですか」

からかう口調で言われて、さすがに青磁も眉をひそめる。

「私は軍曹に、疎まれているようだな」

そのとたん文月はテーブルを拳で叩いた。

「疎むどころじゃない。俺は、あんたが嫌いだ」

「ほう。嫌う理由を、聞かせてもらおう」

「決まっている。華族なんて特権階級が、うっとうしいんだよっ」

「要するに、華族が嫌いなんだね」

慣れているので、まったく動じた様子もない。

「そうだ。特にあんたは、いけ好かねぇよ。役者絵みたいな澄ました顔して、何が大尉だ。ここは女学校かよ。ふざけるな。軍隊は華族の箔づけ場じゃないっ」

「なるほど。私が厳つい顔で下層階級の出なら、きみのお気に召すというわけだ」

この反応は予想外だったらしい。文月は眉を吊り上げて、青磁の胸倉を摑んだ。

「厳つい顔の下層階級っていうのは、俺のことか」

「そんな侮辱は、言っていない」

「言っているのも同然だ。お前の面も厳つく、醜くしてやろうかっ」

周囲で食事をしていた者たちは全員が、大尉が殴られると思った。そして上官を殴った下士官は、懲罰房どころの騒ぎではない。

軍法会議だ。投獄は免れないだろう。そして職も失い、家族は路頭に迷う。

誰もが最悪の筋書きを想像した。間の悪いことに、監督官が走ってきた。

「文月！　またお前か！」

彼は騒ぎを起こす常習犯だった。監督官は青磁に敬礼をした。

「大尉殿、お怪我(けが)は」

「騒ぎにしないでくれ。怪我などない。彼とは議論が白熱しただけだ」

それだけ言うと青磁は食事の盆を持って、スタスタと返却口に皿を返した。

「しかし」

「何も問題はない。以上だ」

青磁はそう言って、食堂を出ていく。残されたのは、納得がいかないと唖然(あぜん)とする顔の、監督官と、文月軍曹だった、
それから数日後、演習を終え風呂に入ろうとした青磁は、脱衣所で小さな袋が落ちているのを見つけた。手作りの、可愛い布で作られた小袋だ。

誰の落とし物かわからない。袋を開いて、中をあらためる。すると油紙に包まれた、何かが入っていた。それも開く。

中身は、へその緒と束ねた柔らかい髪の毛、そして小さな紙だった。

『命名　白澄』

「……大切なものじゃないか」

どうしたものかと思っていると、浴場の扉が開いて文月が姿を現した。

彼は青磁の姿を認めると、ムッとした顔を隠さない。だが次の瞬間、手にしたものを見て、あからさまに表情を変えた。

「おい、それは」

「床に落ちていた。軍曹、きみのものか」

慌てている表情の男に、青磁は中身を袋に戻す。

「中を検(あらた)めた。内容を言いたまえ」

「子供の、息子のへその緒と髪の毛だ。大事に肌身離さず、ずっと持ち歩いていて」

「息子の名は」

「きよと。色の白に、澄み渡るの澄と書いて、白澄だ」

「へその緒ということは、生まれたのは最近か」

「いや。七年前だ。だが、俺はあいつが可愛くて仕方がない。だから、へその緒は肌身離さず持っているんだ」

そこまで聞くと青磁は袋を男に手渡した。

「大事なものを、風呂場に持ってくるな」

「……すみません」

「以後、気をつけるように」

そう言うと袋を手渡し、文月に背を向けて服を脱ぐ。

「だが」

ふいに言われて、文月は振り返った。どうせ嫌みを垂れるのだと、覚悟した顔だ。

しかし、違った。

「白澄は、いい名だ」

青磁が言ったのは、それだけだ。

その一言を聞いて、驚きの表情を浮かべたことを無視して、青磁は浴場へ入った。

翌日、朝からの豪雨で川が氾濫したと、陸軍に伝令が来た。

ただちに文月が所属する、帝国陸軍第三師団も出動する。現地は地域の民家や商店が、浸水する川の水で大変な騒ぎだと情報が入った。

しかし兵が到着した頃には、水も引き始めている状況だった。浸水被害はあるが、急場は越えたようだ。地域住民の安全を確認するため回っていると、一軒のうどん屋の軒先で人が集まり、その中心に将校が立っていた。

安堂青磁大尉だ。

通常このような現場に、上官が来ることはない。訝しむ文月が大股で近づくと、ずぶ濡れの女性を囲んで興奮した人々が、集まっていた。

「将校さんも女将さんも、怪我がなくてよかった」

「女将さんが川に入ったと聞いて、将校さんが迷わず飛び込んだ時には、肝が冷えたよ。あんなに川が荒れていたのに、無茶をするなぁ」

「猫が流されていたから、無我夢中だったんだよ」

件の女将は、さすがにバツの悪そうな顔をしていた。

「でも、こっちも流されそうになって慌てたわ。そうしたら、将校さんが、あたしの胴を鷲づかみにして、道路にぶん投げてくれたのよ」

その言葉通り女将の胸元には、毛玉みたいな仔猫がいた。猫のために女将は濁流に身を投じ、それを助けるために青磁は後を追ったのだ。

信じられないものを見る目つきで、文月は二人を凝視していた。

文月が混乱している間にも、どんどん人が集まってくる。まだ雨はやまないというのに、英雄を讃えるように、川から生還した二人を迎えていた。

「命の恩人じゃないか。将校さん、ありがとうございます」

「女将さん口は悪いけど、いい人でね。後先を考えないけど、いい人なんだ」

「いい人を二回も言わなくていいよ」

「いやぁ将校さんは本当に、肝っ玉が据わっているよ」

賛美が面映ゆいのか、青磁の声は少しぶっきらぼうだ。

「仕事ですから。それより、無事でよかった」

口々に感謝の言葉を述べられ、青磁は居心地が悪そうな顔をしていた。

「将校さんも、ずぶ濡れじゃないか。さぁさぁ、白湯でも飲んで」

ワイワイ話をする人々の間に、文月は憮然(ぶぜん)として突っ立っていた。

悪夢か奇跡を見つめるような顔だった。

□□□

それから数日後、食堂にいた青磁の前に、座る大男がいた。文月だ。

「失礼いたします。大尉殿、相席させていただいても、よろしいでしょうか」

どうした風の吹き回しか、文月は礼儀正しく訊いてくる。

「大声を出さず、乱暴を働かないと約束できるなら、座れ」

「ありがとうございます」

彼はそう言うと青磁の目の前に座り、食べ始めた。そして素早く食事を終えると、立ち上がりお茶を汲んで戻る。

「失礼します」

そう声をかけてから、青磁の前にお茶を置いた。

「ありがとう」

「いいえ。なんでも言いつけてください。俺は雑用も、力仕事も得意です」

突然の変わりように、さすがの青磁も面食らった。

様子がおかしい。というより、普通の一兵卒みたいな態度だった。

あれだけ愚にもつかない理由で、無駄に絡んでいた男が、人が変わったように懐き始めたのだ。これには周囲の者たちも驚いていた。

それから文月は青磁至上主義のごとく、振る舞うことになった。そしてそれは、彼が死を迎える瞬間まで、変わることはなかった。

8

「それから私と理人は、行動を共にしていました。どこへ行くにも、彼と一緒です。大戦の時も――、一緒に青島へ派遣された。そして」

苦悩の表情を浮かべた青磁の手を、白澄はそっと握った。

「もう言わないで。お父さんのことは、わかったから」

そう言って話を終わらせようとした。しかし。

「そうではありません」

彼は思いつめた眼差しで、白澄を見ていた。

「青磁さま?」

自分より、ずっとずっと地位があり、教養もある男性が、震えそうな声を出す。それは、見ている人間の魂を揺さぶるものだ。

「理人を殺したのは私です」

「え?」

「理人は私を暴徒から庇い、大怪我を負って……、亡くなってしまった」

白澄は彼の手を、さらに力を込めて握りしめた。そうしないと、どこか遠くへ消えてしまいそうだったからだ。

「このたびの大戦で、日本は介入戦争でした。だから被害は少なかった。主戦場がヨーロッパであったため、日本軍が戦地に派遣されることが、少ないからです」

日本は日英同盟を理由に世界大戦で、協商軍の一員として参戦していた。

「ヨーロッパ諸国が争う隙をついて、日本は独を本拠地とし、アジアとロシアが太平洋地域に進出しました。青島と山東省を接収し、独の南洋諸島を占領するためです」

「日本のための戦いじゃなくて、外国の戦争なんだ……」

本来ならば、戦う必要はなかった。でもそのために父は大怪我を負い、死んだ。

白澄の気持ちがわかったのか、青磁の声も沈んでいる。

「私は青島で暴徒に襲われ、死を覚悟しました。だが理人が身を挺して、守ってくれたんです。──なぜ私は生きて、理人は死んだのか理解できない。自分が、のうのうと生きていることが許せない」

血が滲むような叫び。

誰にも言えなかった慟哭を、白澄に吐露してしまった後悔。

「きみを引き取ったのは、贖罪です」

「しょくざい?」

「犠牲や代償を捧げて、己の罪を贖うことです」

「難しくて、よくわからない」

「キリストが十字架にかけられ死んだのは、人類が神に対して行ったすべての罪を、贖ったからです」

「青磁さまのお話は、いつも難しいね」

そう言った白澄の手を、青磁は強く握りしめた。

「白澄を苦境から救い出すことにより、私は罪を贖おうとした。それ以上でも、それ以下でもありません。自分の罪を償うために、きみを利用した」

「うん」

「これは愛情でも、同情でもない」

眉をひそめながら告白を続ける青磁の逞しい身体に、そっと寄り添った。

難解なことは、よくわからない。でも、この人は血を吐くような想いでいる。

ものすごく苦しくて、つらくて悲しくて、どうにもならない。彼の慟哭を聞いていると、胸が引き絞られるみたいに痛い。

守ってあげたい。

つらく、言いようのない苦しみと悲しみで溺れる、愛しい人を。

罪も罰も棘も蜜も、何もかも許したい。、大丈夫、もう苦しまなくていいんだよと言って、抱きしめてあげたい。

だって、青磁が大好きだから。

自分より、父より、すべてのことより、この人が大切だから。

「……私はきみを、恋人として見ることはない。関心がないからです」

わざと悪く見せているけど、本当は違う。

すごく優しい人だから、白澄が傷つかないように、ひどく言っているのがわかる。蒼白になっていく青磁の頬を見つめ、白澄は目を閉じた。

もういい。

もういいよね、お父さん。

「青磁さま。言いづらい話をしてくれて、ありがとう」

そう言うと青磁は驚いた瞳で、見つめてくる。父親のことを言えば、絶対に詰られると思っていたのだろう。

そんな気持ちは、一筋もなかった。

「青磁さまが秘密を教えてくれたから、ぼくも秘密をばらさなきゃ」

「秘密?」

怪訝な顔をしてみせる青磁に、ふふっと笑いかける。

「うん、秘密。父の、文月理人の大切な秘密」

□□□

――負傷兵だった父は、帰国して入院した。でも意識は戻らなかった。白澄は片道二時間以上かけて病院に通ったけど、すべて無駄だった。

その頃、祖父は持病の腰痛が悪化していたし、母は父が危篤だと聞いて、気鬱の病で倒れてしまったから、外出は叶わない。

白澄は一人で汽車を乗り継ぎ、街中へ出て、なんとか病院に辿り着く。

初めて訪れた大きな病院は傷痍軍人だらけで、健康な白澄は身の置きどころがない。

しかし父のように回復の見込みがない一兵卒を、日本に帰還させるのは異例中の異例だと、あとで医師に聞いた。

現地で死ぬのを待つほうが、遥かに安く済む。軍とはそういうところらしい。

「父はなぜ帰国できたのか、お医者さんに訊いたんだ」

白澄の問いに、上官が手を回してくれたのだと、医師は教えてくれた。

その上官の名は確認できなかった。けれど間違いなく、直属である青磁だったろうと、のちに確信した。

かろうじて息はあったが、意識のない父親。そばでできることは、汗を拭いてあげるか、汚れ物を洗濯するぐらい。

手持ちぶさたで片づけていた父の私物の中から、備忘録を見つけた。

(お父さんの字だ)

黒い革の表紙がついた手帳は、擦り切れている。それに、あちこち折れ曲がっていた。でも書いてある文字には見覚えがある。間違いなく父の字だった。

人の手帳や手紙を見るのは、よくないこと。幼い頃から躾けられていた。

しかし父は家族に何か、書き残していないだろうか。なんでもいい。父の重傷を聞いて、母親は寝込んでいる。何か少しでも、母の支えになることが書いていないか。

祈る気持ちで開いた手帳には、家族のことは記されていなかった。その代わり、綴られていたのは、一人の上官のことだ。

『今日は少しだけだが、あの方のお役に立てた。礼を言われて、胸がときめく』

『いつも凜々しい方だが、たまに無防備な顔を見せる。まるで少年のようだ』

『だが、俺の視線に気づいたのか、すぐ表情を引きしめてしまった。残念』

『その禁欲的な横顔が、堪らない』

頁をめくると、現れてくるのは上官のことばかり。

白澄は意識のない父の傍らで、その備忘録を読んだ。その中で父は上官の名は青磁ということを、何度も記している。

まるで恋する乙女の日記だった。

反発から転じて心を許したとたん、青磁に敬服し、傾倒していくのが早かったようだ。

そして、傾倒は敬愛に、敬愛の気持ちは鑽仰(さんぎょう)――、聖人のように崇(あが)め始めるのに、時間はかからなかった。

めくっても、めくっても、書かれているのは青磁のことばかり。

華族ゆえに優遇され、階級が高いと疎んでいた。だからこそ、心酔するのが早かったようだ。勇敢で偉そうなところは欠片もない人だと、急激に変化していく。

のちに友人と言えるぐらいまで青磁と親しくなった父が、こんな思いでいたとは。

理人は昔、村の富豪の家で下働きをしていた。その時に、嫌な思いをしたらしい。裕福な階層を憎んでいたのには、理由があった。だけど。

「最後のほうに書いてあった。安堂青磁だけは別格。天が遣わした、聖人だって」

淡々と語っていた白澄の声が熱を帯びた時、青磁が低く呟いた。

「もう……、もうやめてください」

想像もしていなかったのだろう。青磁はつらそうに眉をひそめている。

「……私は、そんな大層な人間ではありません」

乾いた声で囁いた青磁は、痛みに耐えるような表情を浮かべていた。

「お父さんって、大げさだよね。でも、それだけ青磁さまに、憧れていたんだよ」

「彼は反発心がすごかった。親しくなってからは、まるで逆らわれなくなった。でも内心では、華族など疎ましく思っていたかもしれません」

「自分が欲しかったものを、ぜんぶ持っている人だもん。羨ましいし、憧れるよ」

白澄が抱いた憧れとは違う。だが、父の気持ちがわかる。

反発していた気持ちは尊敬へ、それから憧れ、崇拝と変わったのだ。

もしかすると、恋心に似た思いでいたかもしれない。

備忘録を読むにつれ、いつしか白澄の心も、まだ見ぬ安堂青磁という人に、憧れを抱くようになった。

「だから初めて会った時、庭先でいきなり話しかけられて、びっくりしちゃった。でも、すぐにわかった。この人が、あの手帳の人だって」

ぼろぼろの傷痍軍人として帰国して、意識も戻らないまま死んだ父。

だけど彼は、満足だったはずだ。手帳に認められた一文が、脳裏を過ぎる。

『あの人のお役に立ちたい』

ひたむきな、愛の言葉。何も求めたりしない、無償の愛。

捧げられるものは、己の命しかないからこそ、躊躇わず身を投じたのだ、

『もし危険なことが起こったとしたら、この身を盾にして、お守りしたい。彼の代わりに

死ぬのなら本望だ。俺の命など捧げてみせる』

告白することも、成就することも叶わない、憧憬の恋だった。

手帳には青磁への恋心だけが認(したた)められていた。家族のことには、ほとんど触れていない。妻のことも老いた父親のことも、もちろん幼い白澄のことも、何も書いていなかった。たぶんもう、興味がなかったのだ。

理人の関心も願い事も、ただ一つだけ。

『彼のために死ぬこと。それが俺の誇りだ』

そして備忘録は、唐突に途絶えた。たぶん、その数日後に大怪我を負ってしまったのだ。

「これが、お父さんの秘密」

一気に話をして疲れたのか白澄の唇から、大きな溜息が出た。

「病院の先生から、お父さんは誰かを庇って、大怪我をしたって聞いた。ぜったい青磁さまのことだと思った。当たりだったね」

自分の見立てが当たって、ちょっと嬉しくなって笑った。だけど、青磁にはその笑いさえも、自分が責められているように感じたらしい。

「……すまない」

「青磁さまが謝ることない。悪いのは――――、戦争でしょう?」

小さく笑って「それにね」と、つけ加えた。

「お父さんは願い通り、青磁さまを守り、名誉の死を遂げた。満足だったと思うんだ。ぼくは父が羨ましい」

「白澄……」

「青磁さまを守って死ねた父が、羨ましくて仕方がない」

それだけ言って、部屋を出た。

長い廊下を歩いて、自室に戻る。扉を後ろ手に閉め、深い溜息をついた。

「追いかけてきてくれないんだなー……」

実は、ちょっと期待していた。喜和子の好きな少女歌劇だったら、きっと青年は恋しい人を追いかけてきてくれて、二人は抱きしめ合う。

そして楽団が華やかな音楽を奏でて、大団円。じゃじゃーん。めでたしめでたし。

でも、現実はそうじゃない。

愛する人は自分以外の人を選び、伸ばした手は、いらないと言われてしまう。

「なんだか、めちゃくちゃ後味悪い」

そう呟き扉に背中をくっつけたまま、ズルズル座り込む。

「西洋の童話だと、ぜったいお姫さまを迎えに、王子さまが来てくれるのに」

現実は残念ながら、王子さまは可愛いお姫さまの元へ。お邪魔虫は、ひとりで床に座り込んで、呆(ほう)けているだけ。

「喜和子さんとの婚約も結局、駄々をこねただけで終わっちゃったなぁ」

そのまま床にゴロンと寝る。お行儀悪いこと、この上ない。でも。

もう、どうでもいい。全部が全部、どうでもいい。

何もかも消えてしまえ。みんな。みんな消滅すればいい。

そして、何よりも自分が、灰になりたい。

灰になれば、風に吹かれれば、なくなる。何も残らない。

そうだ。灰のように、なくなってしまいたい。

9

白澄の母方の親戚から安堂家に連絡が来たのは、突然だった。

『亡き妹の子を、縁もゆかりもないお宅で預かってもらうのは、申し訳ない』

先日、自ら命を絶った妹の子が気になり家を訪ねると、そこはすでに空き家。周囲の者に確認すると、祖父は五年ほど前に隠居してしまい、甥は安堂家にいるという。

『妹が亡くなった時は、我が家には祖父母がいて、白澄を引き取れなかった。その二人も相次いで亡くなり、部屋も空いた。遅くなったが、甥を引き取りたい』

白澄の伯父がそう申し出たことに、安堂伯爵と夫人は悩んでいた。五年も一緒に暮らしてきた白澄を、今さら手放すのはどうかと考えたのだ。

「それでね、白澄さんさえよければ、あなたを当家の養子に迎えたいと思って……」

青磁に告白をした三日後。日南子からもたらされた、いきなりの展開だ。

「よ、養子？」

呆気にとられている白澄を尻目に、日南子はご機嫌だった。

「悪くないお話だと思いますよ。嫡男は青磁さんだから家督は継げないけれど、伯爵家の後ろ盾があれば、進学も就職するにしても、有利になりますからね」

「だって、ぼくは安堂さまに、何ひとつご恩を返せていないのに……」

「伯父さまのところに行ったら進学せず、就職してほしいという話が気になるの。あなたが心配だから引き取るのではなく、家計を助ける働き手として、来てほしいのでしょう」

伯父の家は子供が六人。伯父夫妻を合わせたら、八人の大所帯だ。ゆったりと学校に行けるわけがない。引き取る目的は、労働力だ。

「日南子さま……」

「白澄さん。わたくしたちにとって、あなたは大切な子供ですからね」

安堂家は伯父の家とは、比べようもない。教育も、生活も充実している。考えるまでもないだろう。しかし。

「……ちょっとだけ、返事を待ってもらっても、いいでしょうか」

「もちろん。自身のことですから、よくお考えなさい。もし伯父さまのところに行ってから気が合わないと思えば、いつだって戻っていいのだし」

優しい言葉に涙が出そうだ。

この状況で、何を考えるというのだろう。恵まれた環境と、優しい伯爵夫妻。充実した暮らしと約束された未来。悩む必要などない。

でも、このまま安堂家にいていいのか。

自分を見るたびに苦しむ人がいるこの家に、安穏としていていいのだろうか。

どうしたら、青磁が喜んでくれるだろう。

部屋に戻って、ライティングビューローの引き出しを開く。そこには父の手帳があった。何回も読んだものだ。

だが改めて開いてみると、父の純真さや献身が胸を突く。

以前は男同士の恋愛なんて、ありえないと言った。だが、自分が告白しようとして、初めて恋に焦がれる気持ちが理解できた。

「お父さん、ぼくにできることって、なんだろう」

手帳に頬を乗せて、つっぷした。自分のできること。

自分が望んでいた、彼の役に立つことは、できないのだ。

このまま安堂家にいても、青磁を苦しめるばかり。

「じゃあ、できることは、ひとつしかないじゃない……」

青磁から離れるのだ。

彼の負担を取り除き、気鬱から解放してあげること。そして困窮している伯父のために働き、少しでも負荷を軽くしてあげること。それが自分の贖罪だ。

それしかできることはない。

――――でも。

青磁と伯父の荷物を、代わりに背負って軽くしたら。

その後、自分はどうしたらいいのだろう。

荷物が重くて死んだら、青磁は褒めてくれるかな。

よくやったと言ってくれるかな。

でも死んでいたら、お褒めの言葉も聞こえないな。

そこまで考えて、あまりの自虐ぶりに小さく笑った。

笑っていたら、涙が零れた。

□□□

伯父の家に行くことを安堂伯爵と日南子に告げると、とても残念そうな顔をされてしまった。驚いたことに伯爵は、目に涙を滲ませている。

何回も「ごめんなさい」と、「ありがとうございました」をくり返して、伯爵の部屋を出た。それから自室に戻って、部屋の片づけをする。

ドドドドドドドド！

馴染みのない音が、部屋の外から響いた。地震だろうか。怖くなって、思わず身を竦めた瞬間。バーンッと音がして、扉が開かれる。

そこには、鬼の形相をした喜和子がいた。

「き、ききき喜和子さん？」

「馴れ馴れしく呼ぶな、この金魚のフン野郎」

冷たく言い放ちながら、彼女は部屋の中に入ってくる。そして、寝台の上に座り込んでいた白澄の胸倉を、少女とは思えぬ力で、ぐぅっと摑んだ。

「な、な、な」

「下でおばさまに聞いた。お前、お屋敷を出て親戚の元へ身を寄せるとか。正気か」

言葉には怒気が含まれている。ものすごく顔も怖い。

「う、うん。本当。あの、手、放して？」

「お兄さまや、おばさま、おじさまを捨てて、ものすごく貧乏な家に行くだと」

「ものすごく貧乏って、語弊があるよ。喜和子さまは、身も蓋もなさすぎる……」

喜和子は無言で拳を振りかぶった。殴られると思って身を竦めると、その手は寝台の布団の上に振り下ろされた。

叩かれずにすんだとホッとしたのも束の間、すぐに羽根が舞い散った。喜和子の拳骨は、羽根布団の布を引き裂いたのだ。

ひらひら舞う羽毛を、白澄は呆然と見つめた。言葉が出ない。

（女の子が叩いたぐらいで、布団って千切れるものだっけ？）

冷や汗がこめかみを流れる。彼女に本気で叩かれたら、たぶん命はない。

白澄の怯えをどう思ったのか、喜和子は握りしめていた手をほどいた。

「伯父さんの家というのは、五人も六人も子供がいる家で、白澄には学校を辞めて働けっていう家庭らしいな。体(てい)のいい労働力ってことだ」

強烈なジャッジを下し、呆れた顔で吐き捨てた。

「すごい詳しいね」

「どうして、そんな家に行く。安堂家にいたくないのか？　それとも、まさかと思うけど、お兄さまに飽きたとか、分不相応な戯言(たわごと)を言う気なのか」

「青磁さまに飽きるとか、そんなわけない」

「じゃあ、なぜだ。納得できる理由を言え。返答次第では、この羽根布団と同じ末路を辿るから、覚悟しろ」

どう聞いても、悪役の台詞だ。

こういう時の彼女に嘘をついたり、誤魔化そうとしたりしても、絶対にバレる。そして恐ろしい報復をされるのは、火を見るより明らかだった。

仕方なく父の手帳のことから、青磁に聞いた軍の話まで、つまびらかに話をする。喜和子は黙って聞いていた。だが。

「愚かだ」

冷ややかな声で言ってのける。この言葉には覚えがあった。

以前も聞いたことがあったからだ。

「うん。賢くないのは、わかってる」

「賢いとか賢くないとか、そういう問題じゃない。お前は愚鈍だ」

キレのある、鋭い罵りだった。普通の人間なら、一週間は立ち直れない。そして白澄も、例外なく普通の人間だった。

「喜和子さん、胸が痛い……」

「痛くなるように、言っているんだ。さっさとお兄さまに、気持ちを伝えろ」

「それは、もう言った。で、玉砕した。木っ端みじんに。それより、喜和子さんと青磁さまは、婚約したじゃない。なぜ告白しろなんて言うの」

「お前、それを信じたのか？　デタラメに決まっているだろう」

その激白にふいをつかれ、次に大きな声が出た。

「えええええっ」

このお嬢さまは、いったい何をしているのだろう。さすがに頭を抱えたくなる。

「なぜ、そんな嘘が実(まこと)しやかに流れているの」

心臓が痛くなった。悪意がありすぎだ。

「お兄さまが、わたくしのことを気にしてくれればと思って」

「は？」

「使用人たちに噂を立てさせたのは、もちろん、わたくしだ。だが肝心の方のお耳には届かず、引っかかったのは間抜けなお前だけ」

「ひどい」

このお嬢さまの嘘に振り回されて告白し、自分は木っ端みじんだ。勝ち目なんかないのはわかっていたが、それでも夢を見たかった。

『告白してくれて、ありがとう。私もきみが好きですよ、白澄』

そんな虚しい夢も、もう見ることはできない。自分はもうダメだ。

「……わかった。ぼくは伯父の家に行くことにする」

「なんだと？」

「喜和子さんは青磁さまとお似合いだし、どうか幸せになってください。お元気で」

ギラリと強い力を秘めた瞳に睨まれ、ぴっと硬直してしまった。

「逃げは許さん」

「に、逃げって」

「お兄さまに、告白しろ」

「だから、したってば！」

「もう一回しろと言うのが、わからぬか。このうつけ者」

どうしてこのお嬢さんは、人を罵る語彙が豊富なんだろう。

的確すぎて、泣きたくなる。

青磁とは二度と会うつもりはなかった。

父と同じように想いを胸に秘めたまま、彼の前から消えたいと願っていた。

しかし、喜和子は許さない。

「白澄の父上は青磁さまを助けて、名誉の戦死を遂げられたのだろう」

「う、うん」

「これを、なぜ利用しない。恩を売ればいいのだ」

「ええええええええ」

その信じられないほど悪どい発案に、さすがにドン引きした。

「そんなこと、できるわけないよ。喜和子さん本当に、お嬢さまなの」

「どこからどう見ても、深窓の令嬢だ。それより、今日は土曜日。お兄さまがご帰宅される。いいか、この機会を逃すな」

「機会って」

「いいか。勝負というのは、どんな手を使っても勝つことが重要だ。恩着せがましくしないでどうする。戦は勝たなくてはならんのだ」

「いつから戦争になったの」

　恐ろしくなって涙目になると彼女は、グッと顔を近づけてきた。

「最後に告白の機会をくれてやる」

「最後……」

「そうだ。想いの丈を伝える、最後の機会だ。やれ」

「や、やれって」

「絶対にやれ。告白するんだ。落ち込む暇があるなら、想いを告げろ。勝てなければ、散華するのだ。それができないお前は、わたくしの敵ではない」

「どうしても勝負事にしたいんだね」

　おかしな話だ。どうして恋敵の自分に、情けをかけてくれるのか。

「ぼくがいなければ、喜和子さんは青磁さまの、お嫁さんになれるのに」

「自惚れるな。この身の程知らずが」

　そう言うと、彼女はまたしても鋭い目で白澄を睨んだ。

「思いも遂げられない、愚鈍な間抜け。お前などに勝っても、面白くない」

　普段の白澄ならば、泣き崩れるほどの厳しい罵倒だ。だが、今日は喜和子に何を言われても、白澄は泣かなかった。

（ぼくねぇ、全身全霊で拒否されたの）

喜和子には通じなかったけれど、自分は青磁に受け入れてもらえなかった。
（もう一度告白してみろと言うけど、心はもうバリンバリンに砕けている）
（また拒否されるかと思うと、身体が竦む）
（もう無理。――――無理）
白澄の悲しそうな瞳に、喜和子は気づいていなかった。

10

『青磁さまを守って死ねた父が、羨ましくて仕方がない』

未練たらしく言ってしまったことに、地の底まで落ち込み、後悔していた。

（嫌われちゃった、……ねぇ）

疎まれただろうか。もう口もきいてくれないだろうか。

不安な思いが、ぐるぐる頭の中を巡っていく。

でも自分の気持ちに整理がつかないまま、困窮しているという伯父一家のために、働いて家計を助けるのが、自分に課せられた使命なのだろう。

殉教者のような自己犠牲の気持ちが、なぜだか強くなっている。母方の親戚なんて、ほとんど会ったこともないのに。

――――不思議だなぁ。

いろいろなことがあって言えるのは、ただひとつ。

運命は巡り巡って、神秘の連続だということ。

白澄は少ない手荷物をまとめ、伯爵と日南子、そして使用人たちへ手紙を書いた。

今まで優しくしてくださって、ありがとうございました。伯父の家で頑張ります。

短い文章を書いた便せんを残して、部屋を出た。最後に、もう一度だけ振り返り、五年を過ごした空間を見つめる。

『夜はあの天窓から、月と星が見られます』

その言葉通り、夜の星空は美しかった。この家からの贈り物だ。

考えていると哀しくなるので、部屋を出る。

廊下で香野に出会ってしまい、ヒヤリとした。世話になった伯爵たちへ挨拶もなく、家を出ようとするのだ。罪悪感が襲ってくる。

「白澄さま、お出かけでございますか」

「うん。天花寺さんのおうちに行ってくる。喜和子さんと約束したんだ。見送りはいいです。すぐ帰ってくるから」

「左様でございますか。お気をつけて、行ってらっしゃいませ」

疑いも持たれず抜け出した白澄は、外に出て建物の外観を見つめた。

(今さらながらだけど、大きな家だよね)

お城みたいに優雅で、美しい建物だ。

自分なんかには不釣り合いだった、豪華なものに囲まれた暮らし。美しい住人たちと、たくさんの働く人々。何もかもが大切にされた思い出しかない。

今まで感じたことがない、安らぎと幸福。

それらはすべて、この家の住人が与えてくれたものだ。

「ありがとうございました……っ」

白澄は改めて屋敷に向き直り、深々とお辞儀をする。そして振り返らず歩き出す。

たくさんの、ありがとう。

いちばん伝えたかったことは、これだった。

「もっと、ありがとうって言えばよかったな」

そう呟いて俯くと、何かが手を濡らす。

涙だ。

あまりにも未練がましくて、やるせなくて悲しい。そう思ったとたん、嗚咽(おえつ)が唇から零れ落ちる。なんで。なんで。

往来で泣いている自分があんまり惨めで、また泣ける。

悲しい。悲しい。

本当は伯父のところへなんか、行きたくない。

会うこともなかったのに、労働力が足りなくなったら引き取ろうなんて、ちゃんちゃら可笑しい。今さら親戚ヅラされたくなかった。

今ここで逃げればいいのだろうか。自分のことを誰も知らない町に行き、ひとりで暮らせばいいのだろうか。

白澄の年齢でも頑張って生きている人間は、たくさんいる。

わかっている。でも、踏み切れない。

軟弱な身体と人に頼るばかりの甘ったれ。それが自分だ。

今でも夜中に熱を出すことが、少なくない。だから男なのに、ひとりで自活することができない歯がゆさ。

どうしてこんなに、ひ弱なんだろう。

「悔しい……、悔しい……」

脆弱(ぜいじゃく)な自分が、疎ましくて仕方がない。

でも、ほかに頼れる人はいない。家族もいない。誰かに頼らずに、生きることができない。人に依存して生きるなんて、まるで寄生虫だ。

「青磁さまが、甘やかしていたからだよ……。って、逆恨みすぎる」

なんでもかんでも人のせいにして、自分はどれだけお偉いのか。情けない。

死んでしまいたい。情けない。

そんなことを考えながらトボトボ歩いた。

伯父の家は前に住んでいた町に近いから、歩ける距離じゃない。駅に向かって泣きながら駅までの道を歩いていると、すれ違う人がギョッとする。

おかしい？　おかしいよね。

ぼくもそう思うよ。でも、仕方がないんだ。

おかしくて、おかしくて、笑いと涙が止まらない。こんなことってあるんだね。

そんなことを考えながら、歩を進める。駅まで、十数分以上あるのだ。荷物が重いが、仕方がない。

後ろから自動車や俥が、どんどん白澄を追い抜いていく。たまに馬も歩いている。そこで青磁の馬たちに、挨拶をしていなかったことを思い出した。

大夫黒と青海波。見惚れてしまうほど、綺麗な子たち。

一度でも乗せてほしいと、青磁に頼めばよかった。そう考えたとたん、新たな涙が頬を伝う。身体のどこかが壊れたのだろうか。

泣きすぎたせいか耳が、ぼうっとしてきた。このほうが奇妙な自分を笑う声がしても、聞こえなくて便利だと思った。

そんなことを考えた瞬間、遠くから馬が走る音がハッキリと聞こえた。

（あれぇ。ほかの音が聞こえないのに、変なの……）

頭を揺らめかせて音がするほうを見た。

めずらしい。急がない限り、穏やかな常歩で歩くのが普通だ。

（慌てんぼうな人だな）

そう考えながら振り返ろうとすると、後ろから上着を引っ張られた。

「え？」

びっくりして、涙も拭かずに振り返る。すると視界いっぱいに、大きな馬の顔があった。青海波の、見慣れた人懐っこい顔だ。

「えぇ？　青海波！」

ちょうど思い出していた最中だったので、嬉しくなった。馬も同じなのか、濡れた鼻づらで、ぐいぐい押してくる。

「あははっ、やめてやめて。どうしてお前がこんなところに……」

はしゃいで笑うと、それを遮る低い声がした。

「それは私が、乗ってきたからです」

馬上から声がしたので顔を上げると、馬主である青磁その人であった。

「青磁さま」

「間に合ってよかった」

自分に今さら、なんの用だろう。

「家に帰ったら、きみの書き置きを見つけた香野が、大慌てで大変でした。どうして黙って、家を出ていったりしたのですか」

青磁はひらりと下馬すると、白澄の目の前に立ち塞がる。しかし、こんな状況なのに白澄が思ったのは、ただひとつ。

（うわぁー、すっごく格好いい）

長身を包む軍服。長い脚には長靴。なんて素敵なんだろう。

その時になってやっと、自分の格好のひどさに気がついて、居住まいを正した。青磁の目に映る自分が、みっともない姿でありませんようにと祈る。

（でもボロボロに泣いちゃったし、顔とかヒドイよね。でも……）

青磁が自分を思い出してくれた時、少しでも見苦しくなければいいと思った。

「最後にご挨拶もしないで出ていって、ごめんなさい。青磁さまの顔を見たら、きっと未練がましくなると思って」

「最後？」

眉をひそめた、その表情を見たとたん、また胸がときめいた。今はそんな場合じゃないというのに、心は正直だ。

「うん。ぼく、伯父さんのところへ行く」

もっと取り乱すかと思ったけれど、存外に落ち着いた声が出せてる。

「今まで、お世話になりました。ありがとうございます」

泣きそうになったが、ぐっと堪（こら）えた。

（大丈夫。ちゃんと挨拶できてる。青磁さまが追いかけてきてくれたの、ちょっと嬉しいな。うん。……嬉しい）

離れたくない。そう叫びそうになった時、ふと喜和子の縫いぐるみを思い出す。

喜和子の姉やは、どんな思いで熊の縫いぐるみをつくったのだろうか。

さようなら。忘れないでね。でも忘れてもいいの。私の代わりに熊を置いていくね。この子を見たら、私を想い出して。

懐かしい気持ちになるはずだった。それなのに、運命は惨酷に彼女の命を奪った。

つらい別れ。喜和子と姉やは、もう会えない。悲しいけどそんなことも当たり前にある。

父も母も、とつぜん死んだ。もう会えない。どこにもいない。

自分と青磁は、どうなのだろう。

これが今生の別れなのか。もう二度と触れることができないのか。

さようなら。さようなら。

どうかどうか、忘れないで。

「ぼくはもう、青磁さまの負担にはならない。それだけでも、よかった」

「私はきみを負担と思ったことは、一度もありません」

即答されて泣きそうになる。離れたくない。離れたくない。

さようならなんて、言いたくない。

ずっと一緒にいたいだけなのに。

「ぼく、多くは望まないはずなんだけど、変なこと言っちゃった。ごめんなさい」

そう話をしている最中、いきなり腕を摑まれて引っ張られる。

「え？　あ、あれ？」

思わず間抜けな声が出る。目の前で青磁が、跪いていたからだ。

「どこにも行かないでください」

囁かれた言葉が信じられず、目をパチクリさせる。

「青磁さま、た、立って！」

青磁が首を垂れた。ありえない光景だ。

「何度でも言いましょう。どこにも行かないで」

「先日のことは、すべて間違いです。自分の気持ちを見誤り、きみを傷つけた。本当に申し訳ありませんでした」

多くはないとはいえ、少なからず人波はある。現に将校が跪いている姿を見た通行人が、ぎょっとしていた。

「もう立って。青磁さまは、そんなことしちゃいけない」

「では私の言うことを、ちゃんと聞いてくれますか？」

「聞く！　聞くから立ってっ！」

「それはよかった」

叫ぶような懇願を聞き入れてくれて、ようやく青磁は立ち上がる。往来の注目は、この一幕が独り占めだ。

「どうして……」

恨みがましい目で睨むと、彼は澄ましている。

「この一週間、ずっと考えていました。理人の話を聞いて、きみは私を守って死ねた父が羨ましいと言ったが、あれは本心だったのか、それとも本当は私に呆れたのではないか……、悩みました。許せないと言われたらどうしようと、恐ろしかった。お陰でずっと軍の人間に、体調を心配される始末だ」

「あの……」

「どこにも行かないでほしい」

そう言うと青磁は、まっすぐに白澄を見つめた。

「白澄、きみを愛している。きみが必要なんです」

嘘ではない。その証拠に彼の瞳には、一点の曇りもなかった。

「……ぼくは、そばにいてもいいの？」

恐々と聞いてみると、彼の瞳が輝いた。

「いてください。いてくれなければ、困ります」

どこか急いた声で言われて、目の奥が痛くなる。涙が零れる前兆だ。泣くのは違うと思って耐えていたが、やっぱり駄目だった。

青磁は白澄の涙を指で拭った。

「誰に誹られても構わない。きみがいない生活……、いえ、人生は考えられません」

そう言って、強く抱きしめてくれた。その胸におさまり、夢心地で目を閉じる。

「誰も青磁さまを、誹ったりしない。もし、そんなことをする奴がいたら、ぼくがやっつけてあげる。――――守ってあげるね」

ひ弱で、喜和子に言わせれば金魚のフン。でも、それでいい。ずっとそれでいい。ずっと彼に、まとわりつきたい。

その言葉を聞いた青磁は、苦悩の表情を浮かべながら、白澄の頬をつつみ込む。

「接吻したいところですが、往来ですので帰るまで我慢です」

そう言いながら、白澄を馬に乗せて自分も騎乗する。そして耳元で囁いた。

「きみを手放さない。愛している」

「はい」

「二度と私のそばから離れようなどと、考えては駄目だ」

「はい……っ」

「では、家に戻りましょう。駈歩で走りますから、しっかり摑まってください」

頷いたとたん、青海波が嘶いた。思わず目の前の鞍を強く握ると、いきなり走り出される。落馬しそうになると、背後から抱きかかえられるみたいに固定された。

走り出すと風が頬に当たって、ものすごく気持ちがいい。爽快だった。

自動車に乗った時よりも、風景が目まぐるしく変わる。背中を支えてくれる青磁の胸の感触が、逞しく頼もしかった。

ずっと乗っていたい。ずっとずっと、青海波の背にいたい。

しかし安堂家の屋敷までは、あっという間だった。屋敷に戻ると、すぐに厩務員と呼ばれる世話係が、青海波を連れていってくれた。これから厩舎へ連れていかれて、お手入れと水と餌だ。

「白澄さん！」

泣きそうな声に顔を上げると、日南子がこちらへ走り寄ってくる。

「日南子さま……っ」

勢いよく抱きつかれて、引っくり返りそうになった。だが、隣に立つ青磁が二人ごと、がっしり抱えてくれる。

「日南子さま、あの」

「いきなり何も言わず、出ていく人がありますかっ。あなたの置き手紙を見て、旦那さまも青磁さんも使用人たちも、皆で心配したんですよ！」

「ごめんなさい、日南子さま……」

とつぜん、うぇーんと上流階級の奥方らしからぬ泣き方をされて、何度も頭を下げる羽目になってしまった。おまけに伯爵まで外に出てきた。

「心配したよ、白澄」

「伯爵さま、ごめんなさい」

「きみは私たちの家族なのだから、大切なことを決める時は、相談しなさい」

「は、はい……」

けっきょく使用人たちも出てきて、皆で大泣きなってしまった。

自分は、ずっと不要なものだと思っていた。

どん底の暮らしをしていたところを偶然、青磁に拾ってもらった、少し幸運な子供であって、それ以上でも、それ以下でもないと思い込んでいた。

自分は突出したものを持たない、ただの役立たずだと思っていたのだ。

でもそうじゃない。普通に生きているだけで、誰かが受け入れてくれて、愛してくれるのだとわかった。

ふと顔を上げると、木の陰に立っていた影に気がついた。

喜和子だ。

伯爵夫妻と使用人たちに囲まれている白澄を、木陰から見つめていたのだ。

「さぁ、そろそろ中に入りましょう。寒くなってきました」

青磁の一声で、皆がぞろぞろと歩き出す。白澄は慌てて声を出した。

「ちょっと待って。喜和子さんがそこに」

その声に全員がぴたっと動きを止めたが、いたはずの少女の姿がない。

「喜和子さま？　いらっしゃいませんよ」

「白澄さん、見間違いになったのね」

「え、え？　でもそこに……」

慌てて視線を戻してみると、先ほど彼女が立っていた場所には、誰もいない。

確かに喜和子がいた場所を見直してみたが、少女の姿は消えていた。やはり見間違いだろうと納得し、皆と一緒に屋敷の中に入る。

そう、見間違いだ。

だって喜和子は、大きな瞳に涙を浮かべていたのだから。

あの少女が、泣くわけない。――そんな、わけがない。

□□□

けっきょく夕飯が終わるまで、日南子は白澄を離そうとしなかった。長椅子に並んで座り、ずっと手を握りしめているのだ。お気に入りのビスクドールみたいに。

その間に伯爵、青磁の順で風呂を終えて、夕食の準備が着々と進んでいく。

「日南子さま、ぼく、もう伯父さんのところに行きません。あ、あと、養子のお話も、まだ大丈夫なら受けます。だから、そろそろ離して……」

根負けする形でそう言うと、日南子は握っていた手を、パッと解く。

「これで白澄さんは、この家の子！　ああ、安心したら、お腹が空いちゃったわ」

なんとも泰平楽な言葉で皆を安心させて、白澄と青磁は部屋に戻った。

ただし帰る部屋は、それぞれの私室ではない。青磁のところだ。

二人きりになると、彼は何も言わずに白澄を抱きしめた。

「青磁さま……」

「黙って」

何度も角度を変えて唇を合わせてくる男の背中に、思わずしがみつく。溺れている人が無我夢中で、救助してくれる人間にしがみつくのに似ていた。

二人で溺れて、二人で水の底に沈んでしまうかもしれない。

でもそれは、とてつもなく幸福なことなのだ。

ようやく唇が外されて、はぁはぁと息をつく。なんだか、いつも淡々として品のいい彼とは、別人のようだった。

「でも、前は好きって言っても断ったのに、急にどうして受け入れてくれるの?」

「自分の気持ちを、素直に認められませんでした」

理人のことが大きな重圧になっていた彼には、白澄の気持ちは負担でしかなかったはずだ。それはよくわかる。

「でも遠くへ行くと聞いて、焦りを感じた。きみを手放したくないと思った」

そう言うと彼は、ふたたび白澄を抱きしめた。

「自分を庇って死んだ理人のことや、そして幼いきみの年齢は、軽はずみな行動をしようとする自分を、制御させるに十分だった」

軽はずみな行動という言葉の意味がわからず、首を傾げる白澄の唇を、青磁はふたたび塞いでしまった。これが接吻なのだと、ぼんやり思う。

ようやく唇が離れたが、彼は白澄を抱きしめて放そうとしなかった。

「こういうことです」

「こういうこと?」

くちづけは、すごく変な感触だと思った。

「きみを愛している。でも年長者である自分が幼いきみを、誘惑するわけにはいかない。悩みました。でも、ひたむきに私を慕うきみを、忘れることができなかった」

「青磁さま……」

「抱き合うことが罪でも、罰せられても、それでもきみを離せないのです」

大人と子供だから。男同士だから。だから咎められるのか。

でも自分は、こうやってふれあうことが、好きになっている。

どんどん好きになっている。

自分から、くちづけたいと思うほど、好きになっている。

何度もくちづけた後、舌先を舐められる。熱くて甘くて蕩けそう。

「私はきみの、肉体も心も欲しい」

その一言に、心と身体がぐずぐずになった。

くちづけよりも、もっと近づける呪文のようだからだ。

「私の気持ちは保護者ではなく、愛おしい人への想いです」

白澄は青磁の胸にもたれかかった。

早くもっと深く、つながりたい。

「きみが愛おしい」

その囁きに、白澄は頷いた。

ぼくも。ぼくもそう。

いろいろなことが目に入らなくなるぐらい、あなたが好き。

「初めて文月家の庭にいたきみを見た時から、ずっと大切に思っていた」

あのね、ぼくも。

きらきら光るあなたのことが、忘れられなかった。

大好き。だいすき。

幼い子供のような告白は、言葉にできなかった。なぜならば、また唇を合わせて、何度もくちづけたかったからだ。

ふれあっているうちに、白澄は涙を流していた。

ずっとあなたを愛している。

抱き合って、何度もくちづけを交わした。

(これが接吻。なんだ、ぜんぜん気持ち悪くない。ううん、すごくいい)

すごく、すごく気持ちがいい……。

青磁の肌は、さらさらしている。それが、とても心地よい。

何度も触れて自分からも、くちづけた。

恥ずかしいと思うより以前に、抱き合いたい。もっと、くちづけたい。

「や、あ、ああ、さ、さわらないで……っ」

寝台の上で大きく脚を広げられ、性器を擦り上げられて、甘い声が洩れる。

すぐに、とろとろになる。こんな感覚、初めてだった。

「な、なんか変、変だよ。いっちゃう、いっちゃうよぉ……っ」

性器の先端を親指で撫でられて、すぐに泣き声が上がる。だが、哀願はすべて無視されて、青磁は愛撫を強引に続けた。

聞いたことがないぐらい、卑猥な濡れた音が響いた。自分の性器から滲んだ体液だ。それが、いやらしい音を立てている。

「あっ、あっ、あっ、あっ……っ」

恥ずかしい。頭がおかしくなりそう。でも。でも気持ちがいい。

「いく、いく、ぁああ……っ」

身体をこわばらせると、逞しい腕に、強く抱きしめられた。

「ああ、なんて可愛いんだ。いきなさい。……さぁ」

さらに擦り上げられた性器が、硬く張り詰める。寒気みたいな震えが走って、必死に身体にしがみついた。

「あ、ああ、あ、あああん……っ」

甘ったるい声を上げて、とうとう彼の手に吐精してしまった。

「あ、あ、ごめ、ごめんなさい。ごめん……っ」

必死で謝罪を口走った。だが、青磁は離れてくれない。

「ご、ごめん、なさい……」

ベタベタに汚してしまった青磁の身体を見て、恥ずかしくなる。彼の汚れた場所に顔を寄せ、自分が吐き出した白濁に舌を伸ばした。

「ぼくが汚しちゃったんだもん。ぼくが綺麗にする。ぼくが……」

小さな舌を出して、自ら吐き出した蜜を舌で拭った。

「白澄……っ」

きれいにしなくちゃ。青磁さまは、汚れちゃダメだから。

初めて経験する匂いと味。舐めているだけで、くらくらする。

ぴちゃぴちゃ音を立てている姿は、猫みたいだと自分でも思う。

「白澄。もういい、そんなことをしなくてもいいです」

青磁はそう言って、濡れている白澄の唇を、強引に塞いだ。

(あ、ぼく汚れているのに。触っちゃ駄目……)

べたべたについた匂いや味が、すごくいやらしい。必死で逃れようとしたが、青磁は唇を離してはくれなかった。

唇を交わした後、ようやく二人は離れた。白澄はそれだけで息が切れた。

「可愛い」

大きく息をする白澄を見て、囁かれる。そのとたん、頬が真っ赤になった。

「きみを抱きたい」

正面から覗き込まれて、そう言われた。

「ぼくを、抱く……？」

「ええ、見てください」

指し示すほうに目を向けると、彼の性器が大きく勃ち上がっているのが、衣服の上からでもわかる。思わず、目を奪われた。

「きみのせいです」

「ぼくの……？」

「ええ。きみがあおったから、こんなことになりました。早く中に入りたい。この欲望を吐き出したい。そうしなくては、収まらない」

「ぼくの、せい」

「そうです。一刻も早く、君を私のものにしたい」

その言葉で白澄の身体が震える。

男なら誰でも勃起する。白澄だってそうだ。だけど、こんなに大きくなった青磁を受け入れると考えただけで、身体が蕩けそうだ。

（ぼくのせい……、ぼくの、ぼくの……）

白澄に対して、決して強要はしない。

力任せに抱こうと思えばできるのに、無理強いはしない青磁が、すごく愛おしいと思った。

「ぼくも、青磁さまが欲しい。……ほしい」

頷くと、すぐに唇を奪われた。今までとは違う荒々しい接吻。

彼は下肢の衣服をすべて取り去ると、白澄が着ていた服も脱がせていく。

そして寝台に白澄を横たえると、足首を摑んで大きく開いた。それから先ほど白澄が吐き出した精液を、最奥に塗り込めた。

「あ……っ？　あ、ああ……」

「力を抜いてください。大きく息を吸って……、吐いて」

まるで、体操の号令だ。そう思った瞬間、緊張感が解けて笑いそうになった。

それでも言われた通り従うと、息を吐ききる前に大きな塊が、身体の中にゆっくりと侵入してくる。

「あ、あぁあ……っ」

「息を止めないで。息を吸って。吐いてごらんなさい」

生真面目な声につられて呼吸をくり返すと、圧迫感がどんどん増していく。

「や、やぁ、だ……、やぁ……っ」

「まだ始まったばかりです。さぁ、大きく吸って」

言われた通り息を吸い込むと、深々と挿入された。

「あああ……っ」

気づくと身体のこわばりが解けて、青磁を深く受け入れていた。

「ああ……っ」

苦しいのが、すごくいい。痛いのが気持ちいい。

こうやって受け入れていると、彼を近く感じる。

その時、初めて味わう違和感に、眉をひそめた。

すると、いたわるように唇が、白澄の額に触れた。

「ごめんね。痛いでしょう」

優しい言葉に、身体の力が抜けるみたいだった。

(入っているのは、青磁さま，青磁さま。……そう考えると、痛くない)

大好きな彼を受け入れている。その事実が、身体の痛みを消滅させた。

「私の白澄、愛している」

ふいに囁かれた言葉に、電流が走ったみたいに痺（しび）れた。

「青磁さ……」

「きみがこの家にいてくれるだけで、人生が輝いて見える。贖罪なんかじゃない。それどころか、毎日が夢のようです。だって帰れば、きみがいる」

そんなことを言われて、涙があふれる。

自分は邪魔ではなかった。嫌がられてなかった。

「青磁さま、嬉しい。好き。だいすき……」

「白澄、きみが愛おしい」

彼はより深く、穿ってくる。痛い。苦しい。頭がくらくらする。

でも、それがよかった。

うんと深くつながりたい。もっと奥まで暴いてほしい。

「あ、ぁあああああ、……ああああん……っ」

白澄が声を上げるたびに、体内の性器が硬くなっていくのがわかった。

「おおきい……、おっきいよぉ……っ」

「白澄、最高だ。もう離さない。白澄、私の白澄……っ」

何度も囁かれて、身体が甘く震えた。組み敷かれていたはずだったのに、気づけば彼の膝に乗せられて、下から突き上げられていた。

「ゃああ、ああ、ああ、んん……っ」

「気持ちいいの？　またあふれた。きみの身体はなんて、甘いのだろう」

「言わないで、ああ、ああ、言わないでぇ」

とろとろだ。頭も身体も蕩けて、自分のものじゃないみたいだ。

「きもちいぃ……っ」

甘ったれた声に反応したのか、挿入された青磁の性器が、ふたたび硬くなる。それが気

持ちよくて、嬉しくて、堪らない。

「白澄、いこう、いっしょにいこう」

耳朶を噛まれて、背筋が震えた。

白澄は厚い胸板に額を擦りつけ、淫らに身体を揺らめかす。

「白澄、――――白澄……っ」

「ひぃ……っ」

抱き竦められた瞬間、白澄は吐精を迎えた。そのとたん、体内を貫いていた青磁の性器も膨れ上がり、一気に爆発させる。

熱い精液が、体内に叩きつけられた。それを、ぞんぶんに味わった。

（きもちいぃ……）

初めての感覚に震えながら、青磁の体液を迎え入れる。

堪らない快楽に、身体が囚われた。その時、白澄は自分が彼のものになったと実感する。

青磁は身体を起こし、ゆっくりと性器を引き抜いた。大きな塊が抜かれた瞬間、白澄はまた、淫らに震える。

「あ、あぁ、あ……っ」

「白澄、白澄……、愛しています」

何度も囁かれた愛の言葉。それが、震えるほど嬉しかった。

「ぼくも……、ぼくも好き。……だいすき」

そう呟き、抱きしめてくる彼の胸に、唇を寄せた。

汗と火薬と、煙草の匂い。それが、心地よいと思った。

どんな罪悪も、何もかも蕩けるみたいだ。甘い蜜に引きずり込まれ花粉でベタベタになりながら、そしてきっと、花ひらく。

零れるような、大輪の花が咲き誇るのだ。

epilogue

「喜和子さん、ねぇ、話を聞いて」

小声で伺いを立てたが、答えはない。その理由は。

「お兄さまに白澄の想いが伝わって、よかったな。報告いたみ入る」

ぶっきらぼうに言われて、白澄は下を向いた。その頬は赤く腫れている。

理由は、もちろん喜和子に殴られたからだ。

それでも白澄は挫けず、何度も謝罪をくり返した。

「ごめんね。抜け駆けみたいなことをして、ごめんなさい。……でも、いきなり殴るのは、ちょっとひどいと思うんだけど」

殴ったことに、さすがに罪悪感があるのか、喜和子はそっと白澄の頬に触れる。

「悪かった。ちょっと我を失った」

「ぼく、こんな流れになるとは思わなくて。本当にごめん」

ふたたび謝罪すると、どう思ったのか喜和子は溜息をついた。

「謝るな。わたくしが惨めになる」

「……うん」

やはりもう一発ぐらい、殴られるべきだろうか。痛いのは嫌いだが、それで喜和子の気が済み、また普通に戻れるならば痛みぐらい、我慢するべきかもしれない。

そこまで考えていた時、彼女がグッと顔を近づけてきた。

「わたくしは、高みを目指している。叶わないことに執着しても、時間の無駄だ。これからお父さまにお願いし、死ぬほど幸せになれる縁談を探してもらう」

「う、うん」

「いいか、勝った気になるなよ。わたくしが、お前に負けるわけがない」

勝気なことを言っているが、目元が赤い。

――泣いていたのだ。

でも、ごめんと言うのは間違っている。謝るのは、哀れむのと同じだ。

「ぼくが喜和子さんに、勝てるわけがないじゃない」

そう言うと、彼女の耳がピクッと動いた。

「知性も教養も、もちろん容姿だって、喜和子さんに敵わない。それに天花寺百貨店のお嬢さまだもん。学校中の女の子が束になっても、勝てっこないよ」

本心からそう言ったけれど、喜和子は唇の端で笑うばかりだ。

「見え透いた世辞を言いおって」

返ってきたのは、実に男らしい台詞だった。

「金魚のフンに気遣われるようになったら、天花寺喜和子もお終いだ」

「お終いなんかじゃない。喜和子さんは、ずっと輝いているよ」

「だから、世辞はいらん」

「お世辞じゃないよ。事実だもん」

その一言を聞いて彼女は、唇の端だけで笑った。良家の令嬢らしからぬ、なんとも悪い微笑みだったが、しおれているより、ずっと喜和子らしい。

「いいか、幸せになれ」

「え……」

「お兄さまのおそばにいて、不幸になるなんてありえない。だから誰よりも幸福になって、お兄さまをお支えするんだ」

「う、うん……」

「わたくしたちの誓いだ。裏切ったら許さない。誓え」

「わかった」

「違う。もっと、ちゃんとだ。わたくし文月白澄は、一生を安堂青磁に捧げ、必ず幸福にすることを誓うと言え」

「ち、誓います」

「いろいろ端折ったが、まぁいい。わたくしは世界のどこにいても、お前を見張っているからな。金魚のフン」

他愛ない、子供の誓約。ただの約束。

それでも彼女との契り（ちぎ）は、とても聖なるものに思えた。

「ぼく、ぜったい幸福になるね」

そこまで言ったところで、ノックもなしに扉が開いた。

「おや喜和子。今夜も我が家で食事かい」

入ってきたのは件の人、青磁だった。

帰ってきてから、すぐにこの部屋に入ったらしい。まだ軍服も脱いでいない。

「お、お兄さま、おかえりなさい」

「お、おかえりなさい、おかえりなさい、青磁さま」

「ただいま、喜和子、白澄。お土産がありますよ」

「えっ、なぁに？」

「資生堂（しせいどう）パーラーの、アイスクリンです。香野に渡してきたから、召し上がれ」

喜和子がわぁっと華やいだ声を上げる。

「白澄もアイスクリンは大好きでしょう」

「う、うん……」

落ち着いた声に、なぜか顔が真っ赤になった。

やはり軍服姿の青磁は、とてつもなく格好がよく、美しいからだ。

「お兄さま、いつ見ても軍服がお似合いだわ」

白澄が思ったことを、喜和子に言われてしまった。だが青磁は気にしていない。

「巷(ちまた)では、粋な海軍、野暮は陸軍などと言います。まぁ軍服からして、海軍は煌(きら)びやかだ」

自嘲気味に言う青磁が笑ったところで、香野が部屋に入ってくる。

「喜和子さま。奥さまがアイスクリンを一緒に、とご伝言でございます」

「え、おばさまが? すぐ行くわ」

日南子に呼ばれて、喜和子はさっさと部屋を去った。

その隙を見計らって白澄は立ち上がり、青磁の前に立つ。

「青磁さま、おかえりなさい」

「改めて、ただいま」

その逞しい身体に抱きついて、息を思いきり吸い込んだ。

いつもは森の香りがするのに、今日は土埃(つちぼこり)と火薬の匂い。それから微かに、青磁の汗と煙草の香り。

嫌な匂いじゃない。むしろ、大きく吸い込みたい気がした。

「ぼく、これが好き。青磁さまの香りだもの」

白澄の言葉に、何も答えが返ってこない。あれ？　と思って顔を上げると、青磁は目を細めて自分を見ていた。

「青磁さま？」

「いえ、火薬が私の香りと言われて、ぞくぞくしました」

「え」

ぞくぞく？

キョトンとしていると、彼は顔を近づけて耳元で囁く。

「きみは男をあおるのが、お上手です」

そう言って白澄の額に、接吻をする。

いつ誰が入ってくるかわからないのに、ドキドキするようなことをする。真っ赤になって俯き、上目遣いで青磁を見た。

「ばか」

小声で詰ると、含み笑いで応えられる。結局、どうやっても敵わないのだ。

甘い棘、苦い蜜。つらい罪。痛みの罰。

何もかも飲み込んで、それでも愛し合っていく。

何も怖くない。どんな痛みも悲しみも苦しみも。

「だいすき……」

白澄はそう囁いて、とろりとした蜂蜜みたいな意識の中に、飛び込んだ。
甘美な白く濁る水は息を奪う。苦しい。でも。
その苦しさこそが、悦(よろこ)びだった。

end

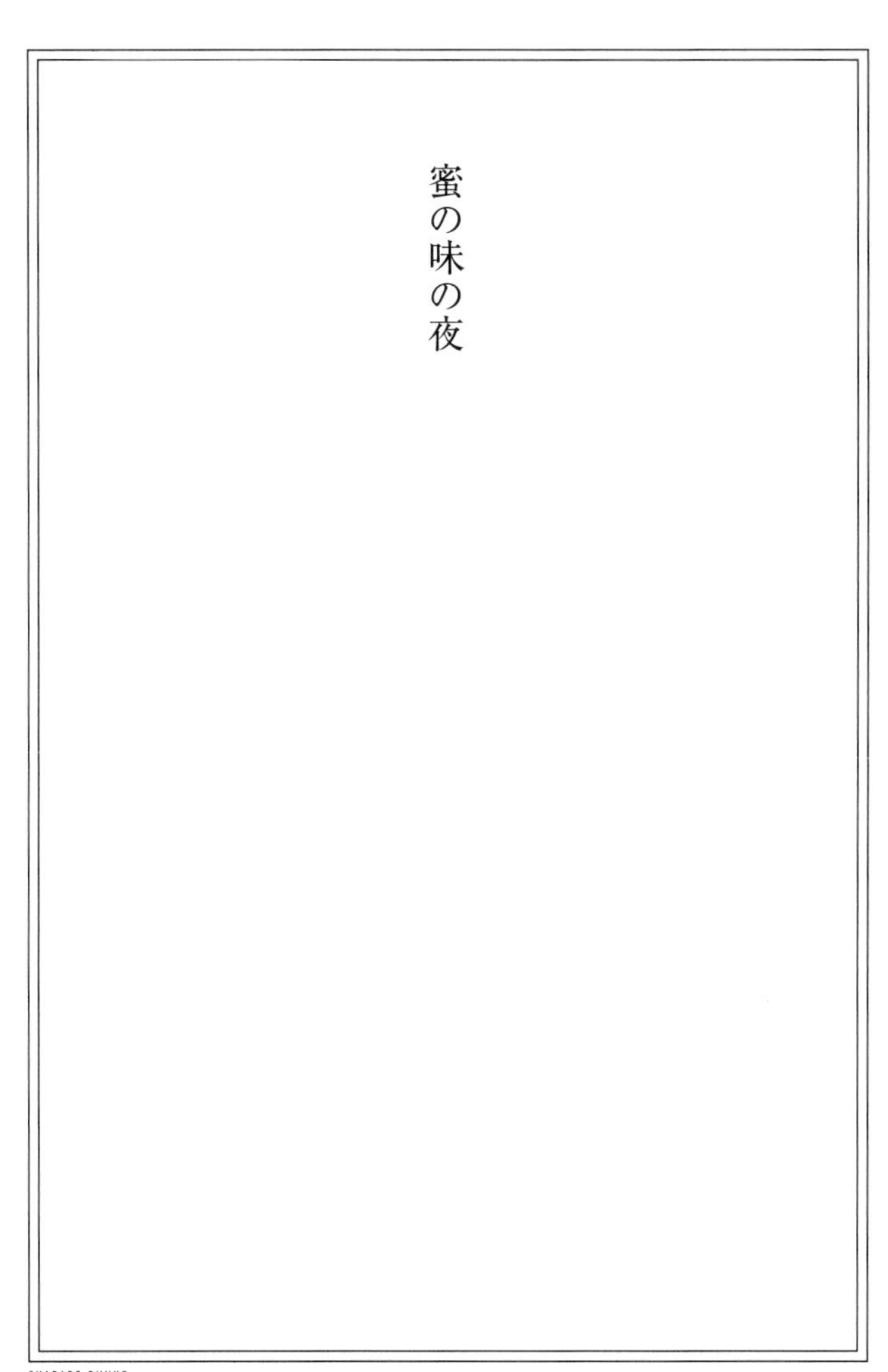

蜜の味の夜

「ねんねこ、ねんねこ、ねんねこよ」

聞こえてくるのは、か細いけれど愛しげな声。

そして、優しく髪を撫でる小さな手。

その感触と声に、いつも緊張が解けない青磁の心が、ゆっくり蕩ける。

「ねんねこ。ねんねこ、ねんねこよ」

心に過ぎったのは、やすらぎ、という言葉だった。

□□□

桜が咲く美しい季節。今日は隣家の令嬢、天花寺喜和子の結婚式だった。

青磁と白澄も招待されて、根津にある教会を出た直後のことだ。

荘厳な結婚式の中でも、新婦の美しさは参列者の目を奪った。

仏蘭西製の、レースのベール。白のシルクでつくられた華麗なドレス。縫いつけられた、たくさんの真珠。

その輝きと見事さよりも輝いていたのは、新婦の喜和子だ。

粛々と式を終え教会の中庭に現れた新郎新婦を、参列者は温かい拍手で迎えた。

とりわけ主役は花嫁さん。

レースの間から見える彼女の美貌は、聖女か天使であった。

（喜和子さん、綺麗（きれい）！）

（ビスクドールみたい。素敵だなぁ）

白澄は、自分が涙ぐんでいることに気づいた。

しかし、この涙は華麗な花嫁姿に感動したから、だけではない。

もっと切実な問題が、涙腺を刺激していた。

（すごく美しい。可愛（かわい）らしい。清楚（せいそ）だね）

感動しながらも、別の意識が身体（からだ）中を支配した。

（すごく、……すごく、――すごく性格が悪いのに）

晴れの舞台での参列者とは思えぬ感想は、新婦が白澄の足の甲を、思いっきり踏みつけにしているせいだった。

しかしお祝いの場で、痛いと泣くわけにもいかない。花嫁に恥をかかせるなど、もっての外だからだ。ぐぐぐっと耐える。

（い、痛くないっ。痛くないっ。痛く、……やっぱり痛い。すっごく痛い！）

西洋の靴は、踵（かかと）が細く高い。これは殺傷力がありすぎる。

白澄の前を通り過ぎる瞬間、白澄は喜和子に「おめでとう！」と声をかけた。それに対して彼女は足を止め、にっこりと微笑んでくれた。

その笑顔は、聖女のもの。

だがしかし、なぜ自分は花嫁に足を踏んづけられているのか。

「おい、金魚のフン」

「き、喜和子さん。今日は花嫁さんだから、ちょっと落ち着いて」

美しい唇から出たのは、とんでもなく悪い言葉だった。

「黙れ、痴れ者。お前そんな眼で、わたくしを嗤いに来たな」

「ど、ど、ど、どうして。ぼくは純粋に結婚のお祝いにきて……」

今日の白澄は濃いクリーム色のタキシード姿。どう見ても男子の正装だ。

「ぼく今日という日を、すっごく楽しみにしてきたのに。ひどいよ」

「いい度胸だな。お兄さまとお揃いの指輪をつけて、ほけほけと祝いのつもりか。その服は、花嫁衣裳のつもりかっ」

さすがにこの恫喝は、コソコソ声だ。しかし、迫力がありすぎる。

「誤解だよー」

確かに白澄の指には、青磁から贈られた指輪が輝いている。しかし、この大人数の祝い客に並んでいただけなのに、なぜ見えたのだろう。

金の華奢なリングは外国の、有名な宝石店のものだという。

(かの英国王室で、ご贔屓にされる宝石商のものです。きみの肌色にはプラチナより、華奢な金がいい。そう思って、探していました)

英国王室とか宝石商とか、白澄にはチンプンカンプンだ。

だが確かに青磁はそう言った。指輪なんて結婚もしていない日本男子がつけるのは憚られたが、細くて美しい輪っかは、自分が特別に感じられて、すごく嬉しかった。

件の青磁は白澄の真後ろに立って、美しい花嫁に祝福の拍手をしていた。

「喜和子、おめでとう。とても美しい花嫁姿だ」

「お兄さま。本日はいらしてくださって、ありがとうございます」

たった今、般若の形相だった喜和子は、いきなり天使の微笑を浮かべた。それを見つめながら、こんな人形があったなぁと思い浮かべる。

(人形浄瑠璃で綺麗な顔から、いきなり鬼の顔に変わるんだよね。あれに似てる)

「可愛い喜和子の式だもの。何を置いても駆けつけるよ」

有爵者の礼服を身に着けた青磁は、いつにも増して凛々しく、そして輝くように美麗だ。

白澄はもちろん花嫁の喜和子まで、うっとりとしている。

「お兄さまこそ、大礼服がとてもお似合い。美丈夫って、お兄さまのための言葉ね」

「ありがとう。でも喜和子の美しさには、敵わない。とても輝いているよ」

長身の青磁と美しい花嫁姿の彼女が並んでいると、一対のお人形のようだ。

「失礼。安堂（あんどう）少佐殿でいらっしゃいますね」

長身の紳士が、言葉をかけてくる。今日の主役の一人、花婿だった。

「九条（くじょう）様、本日はおめでとうございます。素晴らしいお式に感動いたしました」

喜和子の結婚相手の、智道（ともみち）である。九条公爵家の嫡男だ。

白澄も話を聞いていたので、慌てて姿勢を正した。

「ありがとうございます。ああ、こちらが喜和子と仲良しの方ですね」

仲良しと聞いて首を傾（かし）げたくなったが、逆らってはいけない。目の前に喜和子がいるからである。何か粗相をしたら、半殺しでは済むまい。

「は、はい。安堂白澄と申します。本日は、おめでとうございます」

「ありがとう。あなたのことは喜和子から、よく話を伺っています」

「ぼくのこと、ですか?」

思わず訊（き）き返してしまった。この殿上人みたいな人に、喜和子は白澄のことなど話したのか。いったいなぜだ。

意外に思っていると、横にいた彼女が微笑んだ。

「そうね。いつもお話ししていますわ。それより白澄さんは、お兄さまと同じ苗字（みょうじ）になられたから並んでいらっしゃると、まるで、夫、婦、みたいだわ」

（ひ……っ）

白澄の息が止まりそうになった。それぐらい、彼女の目がものすごく怖い。

朗らかな声だが、夫婦をわざわざ区切っているあたり、はらわたが煮えくり返っているのだ。安堂と苗字を改めたのが、喜和子にとって無性に腹立たしいのだろう。

恐るべし執念である。

その強烈な眼差し（まなざ）に気づかなかった智道は、何事もなかったように話を続けた。

「安堂少佐のお宅に養子に入られたのでしょう。喜和子がいつも羨ましがっていますよ。わたくしが養女になりたかったと」

「は？」

「今からでも養子縁組をしてもらえるよう、安堂夫人に頼んでみますと言い出した時は、さすがに止めました。愉快な方でしょう」

「は、はははは……」

旦那さまになる方に、いったい何を言っているのか。

九条家。藤原北家（ふじわらほっけ）嫡流である華族。近衛家（このえけ）と並ぶ、五摂家の家柄。名門のご嫡男との婚姻は喜和子の生家の力ではなく、彼女自身の魅力だ。

なんでも夜会に現れた喜和子の美しさに、彼が一目惚（ぼ）れしたという。

「き、喜和子さんは昔からお茶目な方でして。あは、あはははは」

乾いた笑いを浮かべながら、背中に冷や汗が流れる。滝のようだ。だがここで、うっかりな発言は許されない。

それは即ち、白澄の死を意味する。

「ふふ。きみも喜和子の家来のようだ。私もですよ」

「え？」

「今までは、ずっと白澄さんが第一だったのでしょう。羨ましいです」

彼はそう言うと、花嫁の肩を抱いた。

「夜には祝いの食事会を開きます。もちろん、お二人もご出席くださいね」

彼はそう言うと、にこやかに微笑んで他の客へと移っていく。主賓は忙しいのだ。

「白澄、どうしました。すごい汗だ」

「へ、変なことを言わないよう、気を遣っていたんだ。緊張して、汗が出ちゃった」

そう言うと青磁は、ふふっと笑う。

「あの若様は、喜和子のことを私より把握していますよ」

「え？」

「やんちゃな喜和子も、彼がいれば大丈夫でしょう。うまく手綱を握ってくれる」

今の言葉はなんだろう。

喜和子はずっと青磁の前で、猫を何十匹もかぶっていた。おしとやかな天花寺家の令嬢を装っていたのだ。

それなのに、やんちゃとか、手綱とか。

（……もしかして青磁さまは、ずっと喜和子さんの本性を見抜いていたの？）

その上で彼女を可愛がり、家族同然のつき合いを続けていたのだとしたら。

（喜和子さん。バレてたよー……）

快活が過ぎる彼女を受け入れ、慈しんでくれる智道の懐の深さ。そして喜和子の魅力に、今さらながら笑いがこみ上げる。

「ふふっ」

「急にどうしましたか。ああ、そうだ。聖堂に戻ってみましょう」

青磁の提案に首を傾げた。

「聖堂に？　でも、お式はもう終わったよね」

「もう人も残っていないから、見学するにはちょうどいい。教会なんて、めずらしいでしょう。いい機会だから、じっくり拝見しませんか」

そう言われ、白澄は頷いた。教会に入ったのは、初めてだったからだ。

二人は賑やかに談笑している人々に背を向け、聖堂の扉を開いた。

「わぁ……」

しんとした空間は、それだけで神聖な雰囲気だった。

先ほどまで、ぎっしりといた参列者たちは、全員いなくなっている。ただ静かな空間は、いくつもある窓から日差しが差し込んでいた。

「さっきと、ぜんぜん違う……」

「本当に静かですね」

二人は祭壇のいちばん前に座って、天井を見上げた。

「すっごく高いねぇ」

「ええ。決して豪華ではありませんが、とても静謐(せいひつ)な空間です」

「すごい良縁だったけど、堅実な結婚だったんだよね」

煌(きら)びやかな装飾のない、静かな空間。まさに神の家だ。ここで永遠の愛を誓い合った二人は、必ず幸福になれるだろう。

だって、神さまが見守っていてくれるのだから。

「そうだ、これを」

青磁は懐から小さな箱を取り出した。彼が蓋を開けると、そこには小さな十字架のついた、細い金の鎖が収められていた。

「これ、どうしたの？」

首を傾げると、青磁は箱の中から鎖を取り出してみせる。

「結婚指輪だけでは、物足りないかと思いまして」

それを聞いて白澄は、ぶるぶるっとかぶりを振った。

「も、物足りなくないっ、足りてるっ　大丈夫！」

今つけている指輪だって、かなり高価なはずだ。その上、首飾りなんてもらえない。贅沢すぎて、罰が当たりそうだった。

「いいえ、ぜんぜん足りません。私は白澄に、この世のすべての祝福を授けたい」

「すごく荷が重いから、遠慮する」

「十字架は贅沢品ではないですよ。そもそもの由来は、いつまでも消えることのない罪を、身に受けることのたとえです」

「罪を……」

「罪、罰、愛、救い、永遠、生命力、復活。十字架には様々な意味がありますが、けっきょくのところ、愛の象徴なのです。だから、きみに十字架を贈りたい」

そう言うと彼は鎖を白澄の首に回した。

「やっぱり、よく似合う。とても美しいです」

首元に下げられた金の鎖は華奢なのに、なぜか重く感じられた。

青磁の愛、そのものだからだ。

白澄は青磁の胸に頭を寄せて、甘えるように顔を埋めた。

「青磁さまは、どうしていつも優しいの……」

「私は別に、優しくなどありません」

「ううん、優しい。ぼくを引き取ってくれたのも、好きだって言ってくれたのも、優しいからだよ。他に考えられない」

そう言いながら、深く息を吸い込んだ。普段はめったに着用することがない礼服だが、こうしていると彼の香りがする。

森の苔に似た、静かで優しい香りだ。

この香りが好き。とても落ち着くし優しい気持ちになれる。

眉目秀麗で凜々しくて安堂伯爵の嫡男。しかも帝国陸軍少佐殿。そんな彼に愛されているのが信じられないけれど、抱きしめてくれる腕の力は揺るがない。

信頼できる、これ以上もなく愛おしい人。

「青磁さま、どうしてぼくを好きになってくれたの？」

ぽつっと呟くと、意外そうな顔で見つめられた。

「あ、あの、今さらだと思うけど」

「本当に、今さらすぎです。でも、そうですね。きみが私に歌ってくれた子守歌に、心臓を撃ち抜かれたからです」

「子守歌？」

なんのことだろう。しばらく考えて、首を傾げる。

「……覚えていないんですか」

「えー、うん。いや、ええっと、な、なんだっけ」

深い溜息（ためいき）をつかれて、自分はそんなに悪いことをしたのかと肩を竦（すく）める。すると青磁は白澄の耳元に唇を寄せて、囁（ささや）くように歌った。

「ねんねこ、ねんねこ、ねんねこよ」

ようやく、あっ、と声が出た。

「お母さんが昔、歌ってくれたやつだ！」

そう言うと青磁は、肩を落とす。

「本当に覚えていないんですね」

「だって、ただの子守歌でしょう？」

そう返すと、困ったように微笑まれる。

「青磁さま？」

「ちょっと怒っています」

ふだん紳士で優しい彼の一言に、目を丸くした。

「えーっ」

「夜は九条家に招待されているし、着替えるために一度、屋敷に戻りましょう。それから夕食会に出席して、それから」

そこで止まったので、恐々(こわごわ)と青磁を見る。

「……そ、それから？」

「お仕置きです」

「えぇーっ」

予想もつかなかった展開に呆然(ぼうぜん)としていると、立ち上がった青磁に腕を引かれた。

「せ、青磁さまっ」

「とにかく、家に帰ってディナージャケットに着替えましょう。今日は忙しい一日だ」

彼はそう言って白澄の腕を摑(つか)むと、どんどん歩きだしてしまった。

□□□

お仕置きだと青磁は言っていたけれど、触れた唇は優しかった。

九条家での晩餐会(ばんさんかい)を終えて帰宅した二人は、安堂夫妻に挨拶を済ませると、早々に部屋へ引き上げた。というか、青磁の部屋に引きずり込まれた。

そして何度も抱き合い、身体をつなげて、ようやく解放してくれた。

しかし放免されたわけでもなく、彼に抱きしめられたまま、慈しみのくちづけを何度も受けていたのだ。

くすぐったくて身を竦めると、かえって執拗に舐められた。獣の親子みたいだ。

「ふ……っ」

少しだけ吐息をつくと、彼の唇が外れて、頬や瞼を舐めていく。

「かわいい。きみは、どこもかしこも愛おしい」

そう囁かれて、身体が熱くなる。先ほど、さんざん抱かれて、くたくただった。だけど、もっと欲しいと思った。

貪欲な動物になったみたいだ。

蕩けそうになったけれど、脳裏に疑問が過ぎった。

(さっきの子守歌の話、まだ聞いていなかった。いったい、なんのことだろう)

これを解決しないと、眠れない。慌てて青磁の顔を両手で遠ざける。

「どうしましたか」

「気になっちゃう。さっきの子守歌って、どういう意味?」

背中を優しく撫でられながら訊いてみると、困った子だと笑われた。

「本当に忘れているんですね。初めて一緒に眠った夜を」

「……なんか、あったたっけ」

あの時は一緒に厨房へ行って、紅茶とカスティラをごちそうになった。冷えていた身体が温まり、その後、青磁の寝台で一緒に眠ったのだ。

「カスティラのことは、よく覚えていますね」

「すっごくおいしかったから」

そう言うと、深い溜息をつかれた。そういえば、さっきもされたと思い出す。

「あの後、一緒に眠りましたね」

「うん」

「だけど私は常に神経が張っているので、なかなか眠れなかった。寝返りを打った時、きみが私の手を握ってくれた」

「手？」

「ええ。とても温かい、子供の手です。そして私に眠れないの？　と言った」

『ねむれないの？　手、つめたいね』

幼い白澄はそう言って、青磁の手を抱きしめ温めてくれた。

『あのね、子守歌しってる？』

そう囁くと白澄は小さく歌い出した。

『ねんねこ、ねんねこ、ねんねこよ』

先ほども聞いた、懐かしい子守歌だ。

「優しい声でした。知らない家で過ごすのだから、きみこそ不安だったろうに。それなのに、私に子守歌を歌ってくれた。あの時、――私は恋に堕ちたのです」

「嘘……」

こんな立派な人が白澄の子守歌なんかで、恋をするなんて。

すごく意外で、信じがたいと思った。

「本当に、そんなことで？」

「ええ。本当に、そんなことで。私の言いようのない胸の閊えが解け、幼いきみに恋をしました。でも、誰にも言えるわけがない。ずっと恋心を否定し続けていました」

そう囁かれて、泣きそうになった。

父の手帳に、びっしりと書かれた備忘録。

そこに登場する安堂青磁という人のことを、ずっと考えていた。

だけど現実に現れた彼を間近で見て、何度も優しくされて、守ってもらって、気づいたら好きになりすぎていた。

彼も同じ思いでいてくれた。そう考えただけで、涙が滲みそうになる。

これは、奇跡ではないか。

「ぼくも……、ぼくも、ずっと好き。ずっとずっと、青磁さまが好き」

そう囁いて青磁を見つめると、困ったような顔をされる。

「青磁さま？」

おかしなことを言ったのだろうか。不愉快にさせたのだろうか。

そう心配しかけて、ハッとする。

密着したままだったから、彼の身体の変化はすぐわかった。青磁の性器は、びっくりするぐらい硬く、屹立していた。

「すまない、こんなつもりでは……」

確かに先ほど、情熱的に愛し合ったのだ。まるで少年みたいだ。

だけど自分に触れ、くちづけし、好きという言葉だけで、また求められている。

それがものすごく、嬉しかった。

「青磁さま、もう一回、抱っこして」

どくんどくんと響くのは、どちらの脈動の音だろう。

「ぼくね、青磁さまが好きなの。ずっと抱き合っていたい。ずっと」

そう言った瞬間、強く抱き込まれた。ものすごい力だ。

「青磁さ……」

どこか苦しそうに眉を寄せた彼は、真剣な顔をしていた。

「男をあおったね。――後悔するよ」

あまり聞かない低い声で囁かれた。それが、白澄の情欲に火をつける。

いつだって、いつだって。言葉にできないぐらい好き。

もしひどくされても、青磁ならいい。後悔なんかしない。ずっと抱いていてほしい。

「うん……、後悔させて」

そう囁くと、また強く抱きすくめられた。その苦しささえ悦びだった。

甘い蜜を飲み干した、そんな顔で白澄は微笑んだ。

end

あとがき

弓月です。本作をお手に取っていただき、ありがとうございました。

今回イラストは、yoco先生にお願いすることが叶いました。

レーター様が決定してから、毎日エヘヘエヘヘと不審な笑いが止まりません。願えば夢は叶う！　叶わないことが多いけど！　今回は逆転ホームランというか、今後の運を、すべて使い果たした気もします。

yoco先生のイラスト集を拝読しながら、どんな話にしようかなと考えたところ、大正時代もの、陸軍と天啓が降りて、今作となったわけです。

陸軍は野暮、海軍は粋。これは作中でも書きましたが、わたくしの母が言っていた台詞です。母娘そろって軍隊オタか。野暮と言われても、今回は陸軍一択でした。

草色の軍服を着た青磁様を、yoco先生のイラストで、どうしてもどうしても書きたかったのです。え？　それって、自分の都合？

yoco先生、すばらしい作品に感激です。ありがとうございました！


担当様。シャレード文庫編集部の皆さま。いつもお世話をおかけしております。

今作のプロットは、なんと四回提出。その節はご面倒をおかけしました。何回目かのプロットを提出の際、担当様から童話の「ごんぎつね」のような話にしてみてはどうでしょうと、ご提案いただきました。「ごんぎつね」を読んでみると、タイトルがほのぼのしているのに、悲しい愛の話。つらいですと訴えたところ、踏襲するのではなく、切ないエッセンスを入れてみてくださいと、再びのご提案。飲み込みが悪い自分を叱咤しつつ、ハッピーエンドに向けて書き上げました。

自分の本は絶対に、幸福な終結にすると決めているのです。ご容赦ください。

ちなみに担当さんとの電話で、今作と時代設定が近い『はいからさんが通る』の話が出ました。その際、紅緒さんの婚約者の階級って……？　とウロ覚えで呟くと、担当様は間髪入れず「伊集院少尉です」とお答えになりました。さすがです。

営業様、制作様、販売店や書店の皆様。いつもありがとうございます。

皆さまのおかげで、本書を読者さまのお手元にお届けすることができました！　今後もよろしくお願い申し上げます。

読者さま。いつもの弓月とは様子が違う、初の陸軍攻様です。

タイトルは中森明菜様の、歌の一節からインスパイアを受けました。歌詞からタイトルをつけるのは初めてですが、作品の内容も大人っぽくなったと思います。

今回も、とりとめのない後書きに頁を割いてしまいました。長くて、すみません。こんな隅っこまで、ちゃんと読んでくださって感謝します。

それではまた次にお逢いできることを、心から祈りつつ。

弓月あや拝

弓月あや先生、yoco 先生へのお便り、
本作品に関するご意見、ご感想などは
〒101-8405
東京都千代田区神田三崎町2-18-11
二見書房　シャレード文庫
「罪も罰も棘も蜜も」係まで。

本作品は書き下ろしです

CHARADE BUNKO

罪も罰も棘も蜜も

2023年5月20日　初版発行

【著者】弓月あや

【発行所】株式会社二見書房
東京都千代田区神田三崎町2-18-11
電話　03(3515)2311［営業］
　　　03(3515)2314［編集］
振替　00170-4-2639
【印刷】株式会社 堀内印刷所
【製本】株式会社 村上製本所

落丁・乱丁本はお取り替えいたします。
定価は、カバーに表示してあります。

ISBN978-4-576-23049-8

https://charade.futami.co.jp/